Mayk D. Opiolla

Momentaufnahmen
Berlin — Langeoog

Band 3

Buch:
Ein letztes Mal von Berlin nach Langeoog: In der Berliner Wohnung wohnt jetzt
ein Fremder. Die Sachen? Expediert, eingelagert, verschenkt. Es gibt kein Zurück
mehr. Doch auch auf der Insel stand die Zeit für den Erzähler nicht still. Wir
erfahren von Heiligen und Scheinheiligen, vom Schönen und vom Scheitern, von
Terror und Tagträumen, von Frust und Feiertagen, von Narben und Nacktheit,
vom Sterben und den Sternen, und natürlich: Von der Liebe.
Band 3 der Reihe „Momentaufnahmen Berlin — Langeoog" verzaubert mit weiteren Betrachtungen aus dem Leben eines Neu-Insulaners: Sinnlich, melancholisch
und ehrlich, durchwoben von berauschend-bildgewaltigen Beschreibungen einer
einzigartigen Naturlandschaft, welche den Seewind fühlbar und die Schreie der
Möwen und Austernfischer beim Lesen hörbar machen.
40 neue Geschichten; mit Ausflügen ins Bergische Land, an Bord der Gorch Fock,
nach Kiel, Laboe, Wilhelmshaven und Berlin.

Bibliografische Information der Deutschen Nationalbibliothek:
Die Deutsche Nationalbibliothek verzeichnet diese Publikation in der Deutschen
Nationalbibliografie; detaillierte bibliografische Daten sind im Internet über
www.dnb.de abrufbar.

Impressum
Mayk D. Opiolla:
Momentaufnahmen Berlin — Langeoog
Band 3 ©2016 Mayk D. Opiolla, Langeoog
Herstellung und Verlag:
BoD – Books on Demand, Norderstedt

ISBN 978-3-8391-3521-1

Meinen Eltern

Inhalt

Rungholt

Sechs Uhr früh. Zeigte sich in den letzten Wochen noch ein zögerlicher erster Lichtstreif am Himmel, so beginne ich meinen Arbeitstag nun in stockschwarzer Nacht. Schemenhaft erkenne ich Krähen auf dem Dach des Nachbarhauses. Bis auf das Rauschen der Wellen ist es absolut still. Am Strandübergang halte ich inne. Das Meer tost; Dirigent seiner eigenen Ouvertüre in Moll.

Ich denke an die Legende von Rungholt, und wie es jetzt wäre, aus der düsteren Tiefe dieses unendlichen, brüllenden Nichts vor mir das Läuten von Kirchenglocken zu vernehmen. Ein Schauer jagt durch mein Inneres und lässt mich frösteln.

Kirchenglocken sind ein seltsames Phänomen: Heimelige Idylle an einem sonnigen Sonntagmorgen, bei der man sich automatisch Kinder in weißen Kleidchen vorstellt, die Ringelpiez um Wäscheleinen tanzen, zwischen Hühnern und Gänsen, und der Pastor schlappt im Talar vorbei und grüßt, das Gesangbuch unter dem Arm. Aber dort, wo sie nicht hingehören, sind Kirchenglocken die gruseligste Sache der Welt.

Die Insel wird anders im November.

Wenn das Meer lauter wird als die Menschen, und sich der scheinbar so mühelos bezwingbare, azurblaue Ententeich des Sommers, auf dem bunte Ausflugsboote schippern, in eine zornige Urgewalt verwandelt: Eines rasenden Lebewesens gleich.

Unsere Flügel sind die Seelen der Matrosen heißt es in einem meiner Lieblingslieder, und zu sehr möchte man im Sommer daran glauben, dass sich Leid und Tod in pittoreskem Kreisen persilweißer Möwenschwingen auf blauer Himmelsleinwand auflösen.

Im November ist das anders. Dann wähnt man die Seelen der Toten noch immer gefangen auf dem Grunde des Ozeans, und nur die Glocken von Rungholt gemahnen ihrer Existenz und der Vergänglichkeit allen Seins.

Ich stelle mir einen Büsumer oder Pellwormer vor, der, nach einer anstrengenden Saison, am Strand seiner Heimat Ruhe sucht, der Stille lauscht, und dann diese Glocken hört. Aber vielleicht ist die Legende von Rungholt auch einfach nur eine gute Einnahmequelle für den Tourismus: Ein nordfriesischer Loch Ness.

Oder ein zeitloses Mahnmal gegen Prunksucht, Völlerei und Gotteslästerung: Der Untergang vieler als Strafe für die Vergehen Einzelner.

Ich setze meinen Weg fort. Erste Lichter brennen im Eisenbahnschuppen, aber die Inselbahn schläft noch. Ein müder Angestellter steht in der halb geöffneten Tür und raucht. Aus den Wiesen hinter den Gleisen steigt Frühnebel.

Dann plötzlich das Scharren von Hufen in der Dunkelheit: Eine Erlkönig-eske Szene.

Ich sehe genauer hin. Auf dem Platz vor dem Lokschuppen stehen zwei mit festlichem schwarzen Kopfschmuck herausgeputzte Rappen und ein Kutscher im bodenlangen, schwarzen Capé. Im Gespann ein ebenfalls tiefschwarzer Wagen mit einem quastenverzierten

Baldachin aus Samt. Kurz denke ich: Das ist aber eine seltsame Kutsche, bis mir die Maße des Wagens auffallen. Für eine Personenkutsche ist er zu schmal. Dann dämmert es mir: Das ist der Leichenwagen von Langeoog.

Zum zweiten Mal schaudert es mich, denn mir wird klar, dass jetzt im Laderaum der 7:10 Uhr Fähre neben bunten Wasserbällen und Lenkdrachen noch etwas anderes mitfährt. Oder jemand.

Langeoog hat kein Krematorium, also müssen die Toten zur Einäscherung aufs Land. Oder vom Land zurück auf die Insel, wenn ein Insulaner beispielsweise im Kreiskrankenhaus verstirbt. Hier wird er oder sie dann beigesetzt, auf einem der beiden Friedhöfe, oder im Rahmen einer Seebestattung den Wellen übergeben.

„Eigentlich müssen die mit dem Frachtschiff rüber", erklärt mir ein Insulaner, „aber manchmal lohnt sich das nicht, dann kommen die Särge auch auf die Personenfähre", und ich denke, dass unsere Gäste besser doch nicht alles über die Insel wissen sollten. Und den Toten ist es wohl reichlich egal, ob sie neben Strandspielzeug und Badekleidung der Touristen oder Möbeln und Toilettenpapier für die Hotels verschifft werden.

Auch im Hotel haben wir Zimmer mit Friedhofsblick. Es sind eigentlich sehr schöne Zimmer, die zu dieser Seite hinausgehen, aber manche Gäste hadern damit. „Das Zimmer ist aber wunderbar ruhig", trösten wir dann, „hier hören Sie frühmorgens maximal das Trappeln von Pferdehufen."

Welche Kutsche das ist, erwähnen wir lieber nicht.

Wahrheit

Ein neues Leben hat seinen Preis. Mein Preis steht zwischen Koffern in der Empfangshalle und lacht. Er sagt etwas zu der sympathischen Frau, die ihn begleitet, und ich denke: Die ist doch genau dein Typ, wie immer, und ich freue mich, dass er gesund aussieht und offenbar glücklich ist.

Er hat sich kaum verändert, und ich erkenne die Augen und das Lachen, bevor ich den Namen höre.

Ich sage nichts. Und so begrüße und sieze ich den Mann, der mich nicht wiedererkennt, wie man eben Gäste begrüßt und zeige ihm sein Zimmer.

Später heule ich in den Abwasch.

Mensch, denke ich, wie schön, dich zu sehen. Spielst du noch Klarinette? Und was macht die Malerei, ich glaube, du hast auch gemalt damals, ich bin mir recht sicher. Farben hatte ich dir geschickt, aus China, die waren aus dem Künstlerviertel Fuzimiao. Und CDs hast du noch von mir, du Sauhund, R.E.M. und Kristin Hersh; ich bekam sie nie wieder, damals, als du fortzogst.

Ich hatte sie längst vergessen.

Und plötzlich ist alles wieder da, und ich dort, wo ich mal war, vor fünfzehn Jahren. Das alte Leben starrt mich an, und ich kann nichts tun, außer das auszuhalten, mit weichen Knien geklammert an dieses Spülbecken.

Zum Glück trage ich kein Namensschild hier, denke ich, und wünsche mir einmal mehr, einen weniger seltenen Nachnamen zu haben.

„Möchten Sie noch Kaffee", werde ich morgen den Mann fragen, und dabei längst wissen, dass er Milch reingießt.

Die Tür ist zu.

Hinter der Tür hängt ein Spiegel, und mir fällt der Titelsong aus „Mulan" ein: „Wann zeigt mir mein Spiegelbild, wer ich wirklich bin?" „Jetzt" denke ich, und bin zufrieden mit dem, was ich sehe. Vor fünfzehn Jahren dachte ich das nicht.

Aber alles hat seinen Preis: Selbst die unbezahlbare Freiheit, man selbst zu sein.

Natürlich ist der Film furchtbar verkitscht; der echten Hua Mulan haben sie den Kopf abgehauen, als sie enttarnt wurde, der chinesischen Jeanne D'Arc, meine Geschichtsdozentin in Nanjing erzählte davon; lange, bevor sich Disney des Themas annahm.

Auch das ist sehr lange her. Aber ein paar Dinge erinnere ich: Den Eisvogel, der über den Teich auf dem Campus der Nanjing shifan daxue schoss. Ich hatte vorher noch nie einen gesehen und schrieb ein grauenhaft kitschiges Gedicht darüber.

Ich erinnere die schöne Freundin, die mich auf dem Gepäckträger durch die Stadt karrte, weil ich kein eigenes Fahrrad hatte. Ich erfuhr, dass Kakerlaken stinken: Wir hatten davon im Wohnheim reichlich. Ich erinnere die abblätternde Farbe an der Wand mit dem Telefon, vor der ich zusammensackte, als ich vom Tod des Großvaters erfuhr. Mein letzter Brief an ihn war zurückgekommen, weil eine Büroklammer darin war. Gegenstände aus Metall durfte man nicht verschicken, ich wusste das nicht. Ohne die Klammer hätte ihn der Brief noch erreicht. Die verdammte Büroklammer.

Dann saß der alte japanische Lehrer neben mir, in seinem braunen Sakko. „Wo yeye qushi le" sagte ich, Tränen in seinen Ärmel tropfend, und er tröstete mich mit japanischen Worten, die ich nicht verstand, und einer Güte, die keine Worte brauchte.

Ich lernte Papierkraniche falten und Kalligraphie. Im Frühjahr saß ein bildhübscher Russe unter meinem Fenster und las, während die Blüten des Winterpflaumenbaums auf sein glänzendes, blondes Haar fielen. Sein Name war Sascha und er hatte die schönsten Wangenknochen der Welt.

Und überhaupt, die Pflaumenbäume. Im Winter Schnee auf den Palmen und im Sommer der Duft der Gui hua Bäume. Es ist immer noch mein Lieblingsduft.

Die Stechuhr fiept, als ich meine Karte davor halte: Es ist sinnlos, ich kann so nicht arbeiten. Auf dem Rückweg von der Uhr zur Küche lausche ich auf dem Flur. Der Mann ist nicht da.

Die bunten Erinnerungsfetzen rieseln jetzt nicht mehr blütengleich herab: Es ist ein Platzregen, gepaart mit Sturmböen, die wirbelnd durch die Rinnsteine meines Innersten fegen; jede Konzentration zerstreuend.

Später.

Jetzt bin ich hier, denke ich, als ich die Wohnung aufschließe. Das ist mein Zuhause. Nanjing ist Vergangenheit, alles andere und München sowieso, sogar Berlin, ach, Berlin. Man kann nicht alles und jeden mitnehmen, und in den meisten Fällen ist das auch gut so. Aber einigen Menschen würde man gerne nochmal durchs Fenster winken.

Oder sie Klarinette spielen hören.

Gorch Fock

Die letzten Meter zur Deichbrücke laufe ich nicht, ich renne sie; schon beim Überqueren der davor liegenden Straße lebensmüde nach den berühmten drei Masten spähend, anstatt auf den Verkehr zu achten.

Und dann, endlich, sehe ich sie: Die Gorch Fock.

Majestätisch weiß liegt sie, strahlend unter zart erbläuendem Winterhimmel, und man möchte sofort barocke Zeilen dichten über güldene Masten, Abenteuer auf See und schöne Matrosen, wenn einem das nur nicht gleich den Vorwurf des Nationalismus einbrächte.

Denn tatsächlich ist dieses märchenhaft schöne Schiff, welches dort in aller Unschuld am Wilhelmshavener Bontekai vertäut liegt, das Segelschulschiff der Deutschen Marine und damit der Soldatenausbildung vorbehalten.

Gestorben wird darauf auch; gut erinnere ich den tragischen Tod einer jungen Kadettin vor drei Jahren sowie die sexistischen Kommentare als Reaktion darauf. Von wegen ‚Frauen weg von Waffen und Wanten'‚„Küche statt Koje' und ‚Babys statt Besantopp'. Als hätte es da nicht auch schon Männer vom Mast geweht — deren Tod ist natürlich nicht minder tragisch.

Dennoch kann nichts meine momentane Euphorie bremsen; an das Eisengeländer der Deichbrücke geklammert, grinse ich grenzdebil vor mich hin und starre und starre und starre. Was für ein schönes Schiff!

„Entschuldigung, ist das da hinten die Gorch Fock?" Eine ältere Dame schiebt sich ins Bild; ihr Herannahen bemerkte ich nicht.

„Das ist die aber sowas von!" poltere ich lauter als geplant, und die Dame zuckt ein wenig zusammen und schaut irritiert. „Ist sie nicht wunderschön?" setze ich euphorisch hinterher, aber es ist keine wirkliche Frage, also blicke ich wieder zum Schiff. Die Antwort ist irgendein Gemurmel.

Neben der Frau sind jetzt zwei Begleiter aufgetaucht. „Haben sie da gedient?" fragt der eine, und ich sage „jaja", ohne nachzudenken. Und wie ich diesem Schiff diene! Heute zumindest, denke ich, gäbe ich alles, um sie zu sehen, ganz egal, dass ich in Wirklichkeit die Seetauglichkeit eines größeren Rüsseltieres besitze. Aber die Leute sind schon wieder verschwunden, bevor ich das richtig stellen kann.

Ich reiße mich widerstrebend los und renne weiter zum Hotel. Nur schnell die Sachen loswerden! Auch das

14

Zimmer hat Gorch-Fock-Blick: Große Freude! Aber ich will näher ran ans Schiff. Und rauf. Die Gangway steht schon bereit: In drei Stunden ist „open ship".

Die Zeit bis dahin verbringe ich mit ausführlicher Außenbesichtigung des Stolzes der Deutschen Marine, um schließlich, nach einem Marsch über die nicht minder elegante Kaiser-Wilhelm-Brücke, auf der gegenüberliegenden Seite des Hafenbeckens im Café des Marinemuseums zu landen.

„Immer diese Gorch Fock!" zetert die Angestellte nach der hundertsten Touristenfrage vor ihrem Kollegen, „was wir nicht alles darüber wissen sollen!" Ich schmunzele. Auch hier bringen Gäste offenkundig nicht immer Freude ins Haus. Andererseits: Wir reden schließlich von der Gorch Fock!

Vor dem Café liegt die Fregatte Mölders; außer Dienst gestellt als zu besichtigendes Museumsschiff, ein mächtiger Zerstörer.

Ich erinnere, wie ich dich einst nach deinen Kindheitserinnerungen zu diesen Schiffen befragte. So ein Kriegsschiff muss doch toll sein für einen kleinen Jungen, dachte ich, und der Vater darauf noch Kapitän zur See! Ich zumindest liebte es als Kind, am Arbeitsplatz meines Vaters einzufallen, um in der Arztpraxis Unruhe zu stiften und Unmengen Verbandszeug zu klauen, mit dem ich später meine Stofftiere verarztete. Und so ähnlich sah ich auch dich als Kind vor mir: Mit der viel zu großen Kapitänsmütze deines Vaters in der Wanne Mini-Fregatten vor dir herschiebend, und singend dabei, natürlich. Und dann erst auf dem Schiff! Behende die Niedergänge rauf- und runterflitzend, bespaßt von lächelnden Kadetten. Du warst doch schon immer ein Showtalent! In Wirklichkeit hielt sich deine Begeisterung wohl in Grenzen: Natürlich hättest du den Papa an Bord mal besucht. Aber toll gefunden? „So ein Zerstörer ist ja jetzt kein romantisches Schiff", war alles, was du dazu brummeltest. „Wenn's wenigstens die Gorch Fock gewesen wäre, was?" setzte ich nach, und du schautest wieder geradeaus in dein Glas und nicktest: „Ja, war ja nicht einmal die Gorch Fock."

Ich schaue raus zur Mölders und denke, dass ich da als Kind trotzdem Spaß drin gehabt hätte; zumindest bis zu dem Alter, an dem man den Hauptzweck eines solchen Schiffes begreift. Aber natürlich heißt ein Schiff für Seemannskinder nicht nur Abenteuer, sondern auch immer wieder Abschied. Nicht nur vom Vater, sondern auch von Schulkameraden und vertrauten Kinderzimmern, wenn man mit der Familie von einem Marinestützpunkt zum anderen ziehen musste.

Auch über dieses Thema sprachst du nicht gern.

Im Museumshop liegt ein Kinderbuch, „Wenn Papa lange wegfährt …" heißt es. Auf dem Umschlag steht ein Vater an Bord einer Schnellbootes der Gepard-Klasse und winkt. Am Ufer seine Frau mit dem Kind an der Hand: Sie bleiben zurück.

Als Ex-Buchhändler weiß ich, dass man strikt zielgruppenaffin einkaufen muss, und also wird es hier in Wilhelmshaven wohl Bedarf dafür geben. Es bricht mir das

Herz.

„War es nicht schwer für dich, dass dein Vater immer weg war?" fragte ich dich einmal, aber du wurdest darauf recht ungehalten und warfst mir nur ein trotziges „So oft war der gar nicht weg!" entgegen. Treffer, versenkt, denke ich rückblickend, und frage mich erneut, wie es so ist, das Aufwachsen als Soldaten- und Seemannskind. Natürlich sind auch andere Väter oft weg, auf Montage oder sonstwo, aber vielmehr als in anderen Berufen besteht bei Seeleuten doch die Gefahr des vergeblichen Hoffens auf Wiederkehr: Bei Einsätzen der Deutschen Marine in Krisengebieten erst Recht.

Meine Freundin T., Tochter eines ehemaligen Funkers der Bundesmarine, ist da auskunftsfreudiger. Wie sehr hatte sich ihr Vater über die neugeborene Tochter gefreut! Aber dann? „Fuhr er wieder zur See, und als er das nächste Mal heim kam, konnte ich laufen". Als sie mir das erzählt, lächelt sie nicht.

Sie zeigt mir ein Bild von ihrem Vater in Uniform: Ein hübscher Mann. Und ja, es war schwer.

Auch in meiner Familie fuhren Männer zur See, wenn auch meistenteils im Kriege, also nicht freiwillig. Mein Urgroßonkel Max beispielsweise blieb 1914 im Gefecht vor den Falklandinseln mit der Scharnhost auf See, wie man so schön euphemistisch sagt, wenn einem in Wirklichkeit erst das Schiff und vielleicht noch ein Arm oder Bein weggeschossen wurde, bevor man wie eine Ratte ertrank.

Auch von Onkel Max gibt es ein Foto in Uniform, aus Flensburg. Er hat einen Kaiser-Wilhelm-Bart und die für diesen Familienzweig typischen, melancholischen Augen, die auch ich habe. Ich nehme mir vor, am 8. Dezember an ihn zu denken: Dann jährt sich der Untergang der Scharnhorst.

Im Shop kaufe ich ein paar Sachen und stecke vorsichtshalber auch ein Faltblatt der Marine ein, das die Dienstgrade und Rangabzeichen erläutert. Meine Güte, denke ich, all die dicken und dünnen Streifen und Sterne und Bezeichnungen studierend, ich bräuchte alleine Monate, bis ich die Leute an Bord auch nur vorschriftsgemäß grüßen könnte, von dem ganzen Wissen ums Segeln mit seinem ebenfalls üppigen Fachvokabular gar nicht zu reden! Zur Sicherheit kaufe ich auch zum Thema Seemannssprache ein Buch.

Vor der Gorch Fock bilden sich bereits lange Schlangen. „Isn't she beautiful?" schwärme ich die vor mir stehenden Australier voll, und sie pflichten mir höflich bei. „But look, did you see the damage?" fragt der eine und weist mit ausgestrecktem Arm auf die Galionsfigur: Einen stilisierten Albatros. Und tatsächlich; der Vogel ließ beim Anlegemanöver am Bauch ein paar Federn, ein Video kursierte davon, offenkundig auch in Australien.

Natürlich machten sich die User episch darüber lustig, aber ich denke, dass ein Schulschiff nicht grundlos so heißt: Die lernen halt noch. Abgesehen davon klebt sowieso schon der 5. oder 6. Albatross am Bug der Gorch

Fock; die vorherigen verlorengegangen in Stürmen oder Gottweißwo.

„Die besten Rudergänger stehen immer an Land" kommentiert ein Seemann die Anwürfe lakonisch, und ich kann ihm nur zustimmen. Das ist wohl in allen Branchen so …

Der Matrose an der Stelling fröstelt; dennoch Haltung wahrend die Besucherströme lenkend. Endlich kann auch ich aufs Schiff. Große Freude! Ich mache Fotos von jedem Messingknauf und jedem Stück Tau.

An Bord Marine; die Männer und eine Frau beantworten bereitwillig Fragen. Dienstgrade fliegen mir um die Ohren: Kapitänleutnant, Oberbootsmann, Seekadett, Stabsgefreiter, Unteroffizier mit und ohne Portepee. Dazu Milliarden Fachbegriffe rund ums Segeln. Ich bin heilfroh, dass ich das Faltblatt eingesteckt habe, so komme ich mir nicht ganz so blöd vor.

Die Messingteile sind alle blankpoliert; genau wie die Planken und Masten. Kaum vorstellbar sind die tragischen Unglücke auf diesem Schiff; kaum vorstellbar, dass hier Menschen das Blut ihrer toten Kamerad_ innen von den Planken waschen mussten, über die nun lachend Landratten flanieren.

Ich sehe hoch zum Großmast. Er ist sehr hoch: 45 Meter. Und die Kadetten (außer jene mit ärztlich bescheinigter Höhenangst) müssen da rauf, bei Sturm und Nacht, das schöne Schiff wohl einige Male verfluchend.

Mir wird ein bisschen schwindelig, und auf einmal kann ich mir auch die unschönen Seiten vorstellen: Die Enge, die Nässe, die Müdigkeit und Angst sowie die kollektive Kotzerei im Sturm.

Bald ist der Rundgang beendet und ich schaue ein letztes Mal von Deck in die Tiefe. Dort unten, in der immer noch elend langen Warteschlange, entdecke ich Freund U., gebürtiger Spiekerooger, und beschließe: Ich gehe mit ihm gleich nochmal rauf! Die Wartezeit vertrödeln wir mit Geschichten von der Seefahrt — Auch U.s Bruder ist Seemann.

Es wird ein kurzes, aber herzliches Wiedersehen.

Zurück im Hotel platze ich in Hochzeitsfeierlichkeiten. Der Bräutigam, der soeben für ein Foto mit Blumenkindern und dem Militärpfarrer posiert, ist ein junger Oberleutnant zur See, das verraten mir zwei Streifen und ein Stern auf seinem Ärmel nach einem Blick in mein Faltblatt. Er hat ein unschuldiges Kindergesicht und ist auf diese Weise ziemlich hübsch. Seine Frau, im langen cremefarbenen Kleid, ist schwanger. Noch eine Anwärterin für das Kinderbuch, denke ich, und wieder wird mir bewusst, für wie viele Familien das hier an der Küste Alltag ist: „Wenn Papa lange wegfährt …"

Ich übermittele Glückwünsche und trolle mich auf mein Zimmer: Die Gorch Fock liegt im verblassenden Licht des Tages. Die Vorhänge lasse ich auf, damit sie morgens das Erste ist, was ich sehen werde.

Der Abschied naht. Wieder die Deichbrücke und ein letzter Blick. Ein Jahr werde ich sie nicht sehen, die Gorch Fock, erst dann liegt sie nach Werftaufenthalt und

Ausbildungsreise wieder in Kiel. Womöglich sehe ich sie auch niemals wieder: Kiel ist weit. So ist das mit Abschieden: Schön war die Zeit, als man noch nicht wusste, dass zu oft ein „für immer" darin steckt. Tschüss, schönes Schiff, denke ich traurig, und mache mich auf zum Bahnhof.

Im Zug pladdert Starkregen an die Fenster. Die Fähre nach Langeoog schwankt; es gibt eine Unwetterwarnung, mal wieder. Ich blicke hinaus auf die brodelnde, graue See und denke, dass der Mensch da eigentlich nichts verloren hat.

Aber versuchen kann man es. Denn manchmal, denke ich, ist die See ja auch freundlich: sie öffnet Handelswege, spendet Erkenntnisse, Nahrung und Leben.

Und irgendwo setzt ein glücklich heimgekehrter Funker seinem Töchterchen die Marinemütze auf.

Allein

Der Sturm hat sich gelegt. Mein Fenster empfängt mich mit warmen Lichtern: Ich mag das, wenn ich nach Hause komme. „Da hat es sich jemand aber hübsch gemacht", denken die Leute, wenn sie vorbeiradelnd in mein Fenster schauen, und wärmen sich, genau wie ich jetzt, an dem schönen Schein.

Denn natürlich wartet dort niemand. Ich ließ das Licht absichtlich an: Weil es so mehr nach Zuhause aussieht. Tatsächlich blicke ich beim Abstellen des Rades hinunter zum Deich, und frage die Insel, genau wie dich: Warum liebst du mich eigentlich nicht? Die Insel schweigt, genau wie du. Und immer ist es so schwer.

Natürlich kann die Insel nichts dafür. Ich wuchte die Tasche mit den nutzlosen Büchern und den Programmheften aus dem Korb. Es hat nichts mit dir zu tun, sage ich mir, die Leere im Vortragssaal erinnernd. Und ich, plötzlich so klein an dem Pult vor den Stuhlreihen; die hübsch drapierten Bücher vor mir, um die sich letzte Woche noch Interessierte scharten, heute nur mehr ein Schutzwall vor der Einsamkeit. Niemand kam.

Es ist kalt in dem Raum, und wo nach der letzten Lesung noch Weinkaraffen standen und die Luft erfüllt war von Wärme und herzlicher Bewunderung, steht nun der Künstler, den keiner will, und schiebt leise die Tische zurück an ihren Platz; die Programmhefte beim Einsammeln noch warm vom Drucker.

In Berlin wärst du heute Nacht der Künstler, und ich sähe zu dir hoch, aus der Sicherheit deines Publikums. Du warst nie allein, aber wenn, dann wäre ich da gewesen, und ich wollte immer, dass du das weißt. Doch selbst wenn Tausende kämen: Letztendlich ist jeder Künstler auf seiner Bühne allein, immer, und allein in seinem Schaffen. Auch du bist auf deiner Bühne allein, und wahrscheinlich wirst du heute Nacht ebenso allein wie ich nach Hause fahren; es sei denn, du fändest wieder jemanden, der dir das Taxi zahlt und dir zuhört, wie du mit kräftigen Zügen durch die Schatztruhe deiner Erinnerungen schwimmst. Es befriedigt nicht.

If you're going through hell, keep going, sagte Churchill, und natürlich werde ich nicht aufhören zu schreiben, nur weil einmal niemand zu einer Lesung kommt, aber seien wir ehrlich: An der Künstler_innenhölle ist sowas schon verdammt nah dran.

Es ist still heute Nacht. Wo gestern noch Sturmböen an den Fenstern rüttelten und das Mauerwerk knarzen ließen, ist nun kein Laut zu vernehmen, bis auf das Summen von Elektrizität und das Klappern der Tastatur. Ich würde gern den Mond sehen, denke ich. Wenigstens den Mond. Und so fahre ich die Rolläden nochmal hoch, trete hinaus in eiskalte Nacht, und suche ihn, meinen stillen Freund am Firmament. Er ist da, klein wie ich, und verborgen hinter Wolken: Auch seine Supermondzeit ist vorbei.

Im Kühlschrank ist eine Flasche Champagner, man könnte sie aufmachen, denke ich, jetzt erst Recht. Aber es fühlt sich zu demütigend an.

Ich sehe wieder aus dem Fenster. Die Straße liegt vor mir im Dunkeln. Dennoch erkenne ich schemenhaft die Steine und die Sträucher, in denen Vögel schlafen. Irgendwo schlägt eine Tür. Am Rand der Straße glänzt etwas: Ich gehe nachsehen. Vielleicht ist es nur Müll, denke ich. Trotzdem: Da glänzt etwas.

Das Glänzen wärmt, als ich mich nähere. Und dann singt es, sanft und beruhigend. Ich höre genauer hin und begreife: Das Glänzen im Dunkeln ist das Meer; sein

Singen das Rauschen. Das Meer, natürlich! — Fast hätte ich es vergessen.

Wo das Meer ist, ist es niemals zu still. Wo das Meer ist, ist Leben. Die Insel liebt jeden, sagt es, und jeden nicht. Die Insel wertet nicht, und das Meer zählt keine Besucher. Das Meer ist so viel größer als ich, denke ich, und trotzdem reiche ich ihm jetzt, als einziger Zuhörer.

Ich mag die Geschichten, die du erzählst, sage ich dem Meer. Vielleicht kann ich darüber schreiben. Die weißen Kämme der Wogen nicken.

Irgendwo in Berlin fährt ein Taxi durch die Nacht.

Nebellichten

Nebel liegt über der fast gespenstisch ruhigen See. Allein auf dem Deich stehend, genieße ich den Anblick des geliebten Meeres und lausche der Musik der Stille. Die Wellen berühren die Betonbefestigung des Hafenbeckens mit einem so zarten, silbrigen Klang, dass einem das Wort „Plätschern" dafür viel zu grobschlächtig vorkommt. Die Fähre nach Bensersiel ist vor Kurzem ausgelaufen. Fast surreal mutet der Kontrast der Stille auf dem Deich zum Lärm und Gewusel im Inneren des Schiffes an, welches nun, noch in Sichtweite, mit wieder ausgeschalteten Maschinen lautlos durch das Wasser gleitet.

Die Sicht ist heute schlecht, und also muss sich der Kapitän in der engen Fahrrinne ganz vorsichtig vorantasten;

oft mit nicht einmal mehr als 20 cm Wasser unter dem Kiel. Die Strecke Bensersiel — Langeoog mag kurz sein, aber sie ist gewiss nichts für Anfänger. Ich bin froh, dass ich an Land stehe.

Bald nimmt das große Motorschiff wieder Fahrt auf und entschwindet vollends im Grau.

Ich bleibe. Und noch immer badet dieser Satz mein Herz in balsamischen Essenzen. Ich bleibe: Hier. Am Meer.

Zwei Jahre, und die Liebe ist noch immer unbegreiflich. Bevor ich nach Langeoog zog, dachte ich immer, dass ich nur einen Menschen so beharrlich und ungebrochen lieben könnte, egal, wie viele Stürme und Schietwedder-tage dazwischen gerieten. Aber jetzt weiß ich: Es geht auch mit einer Insel.

Ich setze die Wanderung fort zum Strand. Für Dezember ist es wunderbar mild und heute überdies windstill. Meisenknödel hängen unbeachtet in den Vorgärten; die Vögel fressen sich lieber noch an den Würmern satt, die sie sich aus der regenweichen Wiese ziehen. Auch in den Dünen haben noch keine kalten Winterfarben Einzug gehalten: Der Sanddorn leuchtet in warmem Orange zwischen all den satten Grün- und Braunnuancen der Gräser; noch kann man die saftigen Beeren ernten, un-serem Nationalparkführer zufolge schmecken sie um diese Zeit sogar besonders gut.

Langsam kommt die Insel zur Ruhe; der Touristenmag-net wird wieder zum Königreich der Natur, und ich bin dankbar dafür, denn auch mich hat das Jahr geschafft und ich verspüre starke Sehnsucht nach Stille.

Nach neuer Inspiration, Innehalten, Luftholen, Wachsen.

Am Strand flitzen Sanderlinge durch den Schlick, etwas weiter entfernt ruhen Möwen. Die Krähen wagen sich am Weitesten vor, das lackschwarze Gefieder vom Wind in alle Richtungen zerzaust. Die dreisten Dohlen sind ausnahmsweise mal nirgendwo zu sehen; statt dessen flattern winzige Schneeammern mit glockenhellem Piepsen wieder in Scharen über den Strand.

Ich denke an letztes Jahr und freue mich, dass sie jetzt wieder da sind. Der Winter ist schön auf Langeoog. Und kälter muss es für mich nicht werden.

Stille, denke ich, Stille. Ich giere danach. Wenn man sie nicht nur hören und fühlen könnte, sondern auch essen, atmen, schmecken, riechen: Ich flehte darum. Stille, bitte, bis mindestens Mitte Januar — Denn das neue Jahr wird aufregend.

„Dienst am Gast ist wie Dienst an der Waffe" schrieb einst ein Freund, gelernter Hotelfachmann und jetzt Irgendwas-mit-Gender studierend. Damals, noch gänzlich von der Branche unbefleckt, dachte ich, er schriebe das nur des Wortspiels wegen, aber heute weiß ich, dass es da durchaus Parallelen gibt.

So trägt man in beiden Berufen teilweise Uniform, muss sich zu perversen Uhrzeiten von irgendwelchen Idiot_innen anbrüllen lassen, zu noch perverseren Uhrzeiten aufstehen, merkwürdige Befehle befolgen und dabei, unter regelmäßiger Missachtung der eigenen Grenzen, körperliche Schwerstarbeit ausüben — Und all das in einem Beruf, dem überdies in der Regel (zu Unrecht) noch gesellschaftliche Ächtung widerfährt: Schade, dass mir zu „Kanonenfutter" und „Frontschwein" gerade kein passendes gastronomisches Pendant einfällt.

Auf jeden Fall hat all dies für mich im neuen Jahr ein Ende: Eine andere Arbeit ruft.

Irgendwas-mit-Kunst. Dafür wird wieder mehr Zeit sein. Zeit für die Insel. Zeit für Stille. Zeit für Schönheit. Schon bald kommt die Sekunde, in der ich die Rufumleitung vom Hotel für immer ausschalte. Und dann bin ich erst einmal nur noch bei ihr: Langeoog, der Liebe meines Lebens.

Dennoch bleibt auch hier die Zeit nicht stehen: Auf der Kommode liegt eine Zugfahrkarte nach Berlin.

Dort ist ein anderer Hafen. Und Du, mit dem ich diese Liebe teilen wollte. Ich wünschte, ich könnte bleiben.

Die Fähre kommt bereits zurück.

Bald muss ich wieder mit, überflutet vom Lärm im Inneren des Schiffbauches, rudernd in den Menschenmassen, während all die wunderbare, silbrigsüße Stille der Heimatinsel im Nebelgrau verschwindet.

Bald, werde ich mich trösten, bald komme ich doch wieder. Ich bleibe ja nicht lange in Berlin. Aber ich weiß nicht, was mich in der Stadt erwartet. Du, vermute ich. Als ob das nicht reichte. Zugleich frage ich mich, warum es zwischen uns eigentlich keinen Nord-Ostsee-Kanal gibt. Noch irgendeine passierbare Straße. Und sei es nur ein Rinnsal, durch das ich ein Papierboot schicken könnte, gefaltet aus einem Liebesbrief an dich. Aber da ist nichts. Es ist zuviel Land zwischen unseren Meeren. Und ich brauche das Wasser, wie ich dich brauchte. Es gibt kein Zurück, egal, wo ich bin.

Draußen ist es Nacht. Eine erste Windböe rauscht durch die Blätter der Bäume am Straßenrand. Das Wetter ändert sich schnell an der Küste. In Berlin, sagen meine Freunde, ist es schon kalt.

Dankbarkeit

Um 16:17 Uhr ging die SMS Scharnhorst mit dem Bug voran unter, nachdem sie um 16:04 Uhr starke Schlagseite nach Steuerbord bekommen hatte. Alle 860 Mann Besatzung kamen dabei um.

Einer davon war mein Urgroßonkel Max. Das war Krieg, mag man denken, da rechnet man in feindlichen Überwassereinheiten und nicht in Weichzielen mit Schmerzen, Angst und Träumen. Das muss ja so sein, diese verbale Entmenschlichung, anders hält man das Sterben nicht aus.

Dennoch gibt es da ein Foto von diesem Onkel, in Marineuniform, und man sieht die Verwandtschaft so deutlich, dass es mir unmöglich ist, aus derart nüchterner Distanz an den Untergang des Schiffes, seinen Tod — und den seiner 859 Kameraden — zu denken.

Ich hätte das auch sein können, denke ich, 35jährig, man musste da ja mit, egal, ob man Lust auf das Gemetzel hatte oder nicht, ansonsten wäre man gleich erschossen worden. Auch Onkel Max war blond mit eher weichen Gesichtszügen, einer kleinen Nase und melancholischen Augen; genau wie ich nicht besonders groß obendrein, zumindest lässt es das Foto vermuten, da er seine lächelnde Ehefrau darauf nicht nennenswert überragt. Und an mir hätte ein zottiger Kaiser-Wilhelm-Bart wahrscheinlich ähnlich unvorteilhaft ausgesehen.

Auf jeden Fall ist es eigenartig, ein Ereignis in Geschichtsbüchern zu finden, bei dem ein Mensch starb, mit dem einen ganz offensichtlich noch Erbgut verbindet. Und natürlich denkt man dann an das Wie, also: Das Leid. Ich kann nur hoffen, dass er schon tot war, bevor er ertrank, weil Ertrinken kein schöner Tod ist, ganz und gar nicht. Von einer Explosion zerfetzt zu werden, ist das zwar auch nicht, aber wohl eher nur für die Außenstehenden: Für einen selbst geht das sicher schneller. Und ich hoffe, dass er keine Zeit hatte, um Angst zu haben. Angst, denke ich, ist mit Sicherheit das Schlimmste am Sterben.

Als ich starb, hatte ich keine Angst.

Als Ärztekind habe ich Vertrauen in die moderne Medizin. Und so schärfte ich — in relativ entspannter Verfassung — dem Team nur ein, gegen welches Schmerzmittel ich allergisch sei, bevor es zu einem Allerweltseingriff in den OP-Saal ging. Das wurde auch notiert, und so erinnere ich lediglich schier endloses (und schmerzhaftes) Gefriemel mit meinen Handvenen, weil man die Nadel nicht reinbekam, sowie ein genervtes „Dann wollen wir das Ganze mal beschleunigen" der Anästhesistin. Dann also die Nadel in den Unterarm, das Anfluten des Narkosemittels. Atemnot und ein kurzes Husten. „Scheiße, Allergie!" mein letzter Gedanke. Dann Dunkel.

„Scheiße, Allergie!", denke ich heute, wären das wirklich mein letzten Worte gewesen, wenn auch nur gedacht? So viele geflügelte Letzte Worte von Schriftstellern auf diesem Planeten, und meine wären ein hochphilosophisches „Scheiße, Allergie!" gewesen? Das ging natürlich nicht, und also machten die Ärzte als nächstes das, worauf sie zum Glück ebenfalls trainiert waren: Leben retten. Und ich hatte mir zum Krepieren mit einem voll ausgestatteten OP ja nun auch den denkbar günstigsten Platz gewählt.

Das nächste, woran ich mich erinnere, war das Aufwachen und die Verwunderung über fehlenden Wundschmerz. Warum hatten die nicht, wie geplant, an mir herumgeschnitten? Ich frage die Frau, die ich verschwommen neben mir wahrnehme. Sie dreht wortlos ab. Aufgeregtes Gespräch mit anderen Menschen: „Jetzt kommen natürlich die Fragen! Was sage ich denn?" Jemand anderes kommt, wahrscheinlich ein Arzt. „Es gab da einen Zwischenfall. Dramatisch, aber regen Sie sich bitte nicht auf: Wir mussten Sie zurückholen. Eine OP wäre im Anschluss zu belastend gewesen."

Ich bin dankbar für die Ehrlichkeit, immerhin. Nachmittags erzählt mir ein bildhübscher, junger Stationsarzt noch Details, während ich über seine tintenblauen

Augen mit den langen Wimpern nachdenke und seinen Namen vom Schild ablese. Sorgen gemacht hätte ich ihnen, erst sei ich tomatenrot geworden, so wie meine Strickjacke jetzt, und dann kalkweiß. Ein Allergischer Schock; Kreislaufversagen mit Herzstillstand, und das Herzrasen jetzt, nun ja, das käme von dem Adrenalin, das sie mir gespritzt hätten.

Es ist irgendwie surreal. Da sitzt jemand an meinem Bett, schön wie ein Engel, und referiert über meinen Tod, aber: „Wir haben es ja wieder hingekriegt." Es nimmt ihn sichtlich mit. „Danke, dass Sie mich gerettet haben", sage ich deswegen nur, selbst noch ungläubig ob des Ganzen, und irgendwie beruhigt mich, dass das Sterben von Patienten doch nicht für alle Ärzte Routine ist. Natürlich könnte man sagen, was bedankt der sich, die haben ihn schließlich auch umgebracht, da ist erfolgreiche Schadensbegrenzung ja nun das Mindeste, aber letztlich wusste inklusive mir ja keiner von der zusätzlichen Allergie gegen das Narkosemittel oder was auch immer, und also gibt es in der Sache keine Schuldigen. Als Ärztekind weiß ich auch hier: Solche Dinge passieren. Und für das OP-Team war so ein Desaster direkt bei der ersten OP des Tages, morgens um 8, wohl auch nicht auf der Wunschliste ganz oben.

Ich denke wieder an Urgroßonkel Max. Ertrunken wäre ich tatsächlich auch beinahe einmal, in einem Wellenbad in den Niederlanden. Es ist keine schöne Sache. Eigentlich konnte ich da schon ganz gut schwimmen, aber wie kleine Jungs nunmal so sind, überschätzt man sich gern einmal und bleibt dann so lange ganz hinten bei den hohen Wellen, bis auf einmal die Kraft aus den Armen fort ist. Ja, und dann denkt man: Klettere ich einfach wieder raus, aber immer rutscht man ab vom Beckenrand, an dem man sich hochzuziehen versucht, weil die Wellen ja noch in vollem Gange sind, und dann macht es irgendwann wirklich keinen Spaß mehr, man will nur noch raus und schluckt Wasser und dann ruft man ‚Hilfe' und denkt noch, verdammt, die verstehen einen doch gar nicht, sind ja Holländer*. Und dann kommt die Angst. Immer wieder rutscht man ab, knallt mit dem Kinn auf den Beckenrand und die Arme wollen wirklich nicht mehr, man gibt auf und dann … ist da dieser Arm, der einen beherzt um die Mitte greift und in den Nichtschwimmerbereich zieht, wo man irgendwann hustend eine heulende Schwester neben sich sitzen sieht, während die gekachelte Schwimmbaddecke sich dreht. Alles andere danach erinnere ich nicht, aber es gab wohl ziemlichen Aufruhr.

Aber auch das sind Dinge, die passieren. Niemand kann alles sehen im Schwimmbad und niemand kann immer überall sein. Damals war ich ohnehin zu jung, um über das Leben oder Sterben nachzudenken; mein Ertrinken wäre also nur Scheiße für die anderen gewesen.

Ich denke aber noch oft an den Menschen, der mich rauszog.

Ich glaube, es war ein Mann, weil ich mich an einen behaarten Arm erinnere, rotblond, an dem ich hing wie ein wasserwürgender Sack, und eine dunkle Badehose, auf die ich im Runterhängen schaute, während die rettende Bojenkette zum Nichtschwimmerbereich sich näherte, die ich selbst noch vergeblich zu erreichen versucht hatte, bevor ich auf die Idee mit dem Beckenrand kam. Ich wüsste immer noch gern, wie der Mann hieß und ob er überhaupt kapiert hat, dass er damals einem deutschen Kind das Leben rettete.

Er hat nichts gesagt damals, zumindest nichts, das ich verstanden hätte, aber ich erinnere, dass ich noch „danke" sagte, als er mich über die Kette hob. Bis heute bin ich froh darüber: Wenigstens hatte ich mich bedankt. Und es ist ein merkwürdiges Gefühl, dass einem komplett Fremde auch 30 Jahre später noch viel bedeuten können.

Auf jeden Fall ist Ertrinken großer Mist und die Angst davor ist wohl bei jedem Menschen in den Genen verankert, bei mir naturgemäß ein wenig mehr nach dieser Erfahrung, aller Liebe zur See und jedem Matrosenfetisch zum Trotz.

Onkel Max hatte keinen rotblonden Niederländer, der ihn aus dem Wasser vor den Falkland-Inseln zog. Daher kann ich nur hoffen, dass er diese Angst nicht erfahren musste, das Wasserschlucken und vergebliche Rudern. Dass er nicht bei Bewusstsein im Wasser trieb, bis ihn die Kraft verließ.

Womit schließt man jetzt so eine Erzählung, fragt man sich, damit sie nicht zu larmoyant klingt. Zur Predigt ansetzen möchte man; aufrufen zur Dankbarkeit für all die kleinen, schönen Dinge. Dafür, dass man jede Minute atmet, ohne auch nur drüber nachdenken zu müssen, dafür, das man auf so einem wunderschönen Fleckchen Erde wohnt, wo die Sonne das Dünengras golden leuchten lässt und Fasane durch den Sand tapsen.

Dafür, dass man einen Tisch hat, auf den man seine blauweiße Flensburg-Touristen-Tasse stellen kann, ohne dass sie einem samt Haus und Tisch weggebombt wird. Dafür, dass die Eltern noch leben, und dass es Ärzt_innen und Pharmazeut_innen gibt, die daran arbeiten, dass das auch möglichst lange noch so bleibt. Dafür, dass einem andere Menschen zwar das Herz brechen können, aber das Ding trotz allem so beharrlich weiterschlägt.

Dafür, dass man eine Stimme hat, mit der man noch „Danke" sagen kann. Dafür, dass man in einem Land lebt, in dem man mit dieser Stimme auch politisch und literarisch aktiv werden kann, ohne dafür verhaftet zu werden, und das einen in keinen Krieg schickt, es sei denn, man verpflichtet sich freiwillig.

Genau genommen gibt es wenig Gründe, um hier nicht dankbar zu sein.

Aber ich wollte nicht predigen.

Vor dem Fenster ist es Nacht geworden. Der Sturm hat sich gelegt; nur noch vereinzelte Regentropfen perlen von der Scheibe. Heute vor 101 Jahren lag Onkel Max jetzt bereits auf dem Grunde des Atlantiks: Er ruhe in Frieden. Im Wörterbuch schlage ich nach, was „Danke, wer immer Sie sind" auf Niederländisch heißt.

Anmerkung d. Verf.: Ich kenne den Unterscheid zwischen Holland und den Niederlanden; als Kind waren für mich aber tatsächlich alle Niederländer „Holländer", daher habe ich das hier so wiedergegeben. Kinder sind eben nur begrenzt politisch korrekt.

Evolution

Das Familienfest naht: Weihnachten. Im Haus der Insel gibt es einen Adventsbasar, und ich schiebe mich durch das nach Glühwein und Waffeln riechende Gebäude, die Wangen von der Wärme errötet.

Bekannte grüßen; schöne, aber nutzlose Dinge gleiten durch die Finger, und natürlich kauft man etwas davon: Zuhause freut man sich ja doch über diese Dinge, weil man sie schließlich irgendwo zum Schönaussehen hinhängen kann, und also haben sie sehr wohl einen Nutzen, wenn auch keinen praktischen.

Rasch noch ein paar Geschenke, aber dann wird es zu viel mit dem Trubel, man ist ja keine Menschenmengen gewohnt mehr nach zwei Jahren Insel. Also: Raus.

Kurz vor dem Ausgang strahlt mich eine kleine, elegante Dame mit kurzen grauen Haaren an. Sie war auf meiner Lesung. Ich reiche ihr die Hand zur Begrüßung, aber sie umarmt mich einfach und bedankt sich in rührender Überschwänglichkeit für meine „wunderschönen Geschichten". Es freut mich von Herzen.

Dennoch sinkt Wehmut in die Freude. Wenn es doch nur mal Geschichte wäre, denke ich, und ich wünschte, ich hätte ihn mir nur ausgedacht, den Seemannssohn mit der schönen Stimme.

So wie ich mir als Kind meine Helden und Heldinnen einfach erfand, damals, als noch nicht so viel Leben in meine Träume gesickert war, das die blühenden Landschaften darin nach und nach mit Zement asphaltierte.

Er ist jetzt nur noch eine literarische Figur, sage ich mir. Was sonst könnte jemand sein, der zwei Jahre nicht mit mir sprach und dessen Gesicht und Wärme nur noch Erinnerung ist?

Halte Abstand, sage ich mir: Das Schiff ist fort. Er kehrt nicht wieder.

Aber dann liegt man im Dunkeln, versucht, jemand anderen zu lieben, oder auch nur Begehren für diesen Menschen zu empfinden, und es funktioniert nicht. Und dann weiß ich, dass du den Hafen nicht verlassen hast; dass du immer noch bei mir bist für eine letzte Nacht, für eine letzte Nacht zum hundertsten Male.

Deine Haut schimmert im Mondlicht, wo sich meine Finger in deine Schultern graben, und ich betrachte den Schatten, den deine Wimpern auf deine Wangen werfen, um nicht vollkommen absorbiert zu werden von der jadegrünen Tiefe deiner Augen. Dein schönes Gesicht ist so nah, dass ich den Flaum auf deinen Ohrläppchen sehen kann, und ich lasse mich von deiner süßen Schwere hinabziehen in den Ozean einer Nacht ohne Morgen: Bleib bei mir.

Zu schnell ist jedes Versprechen fort. Mit dem Anbruch des Tages kehrt auch die Abgeklärtheit zurück: Was ist das schon. So vielen gab man sich hin, irgendwann hörte man auf zu zählen. Oder es wurde ein Sport daraus: Sekundenliebe. Und vorbei, sobald sich eine_r wieder anzog.

Bei dir ist es anders. Dich kann ich immer noch auch ohne Nähe lieben, noch immer zehrend von dem, was war, und dem, was hätte sein können.

Ich scheuche den anderen Menschen weg.

Zum hundertsten Male muss ich mir eingestehen: Bloßes Begehren kann man mit anderen Menschen stillen, aber keine Liebe.

Das Herz wird laut, sobald die Körper schweigen.

Ich sehe dich auf der Bettkante sitzen, dein geliebtes Profil im Gegenlicht. Du denkst an Kippen und Kaffee. Und ich daran, wie sehr ich dich liebe — selbst wenn mir das Gegenlicht gerade unbarmherzig deine Fältchen zeigt, deine Narben und das Grau in deinen Brusthaaren. Du wirst alt, und auch du hattest so viele Menschen vor mir, aber es ist mir egal. Ich finde dich wunderschön, gerade jetzt, in all deiner nackten Verletzlichkeit. Und trotz all unserer Vergangenheit ist das mit dir etwas Besonderes.

Warum nimmt das kein Ende?

Der Traum ist vorbei, ein Gedankenabgrund öffnet sich. Dass einen das Herz zuweilen verarscht, ist ja jenseits des ersten Teenager-Liebeskummers nichts Neues, aber woher rührt dieses nicht nachlassende körperliche Begehren, das in unserem Falle, wie die Weihnachtsdeko, zwar schön sein kann, aber dennoch ebenso nutzlos ist?

Und warum lässt es sich nicht einfach durch andere Personen stillen?

Sicher, im Bio-Leistungskurs lernte man: Liebe dient der Bindung an einen anderen Menschen zum Zwecke qualitätsoptimierter Aufzucht von Nachkommen.

Es hat aber keinen evolutionären Zweck, dich zu wollen. Wir sind zu alt, wir wären beide furchtbare Väter, und dann wäre da ja auch noch das ein oder andere biologische Hindernis auf dem Wege der Fortpflanzung. Ganz abgesehen davon, dass du auf mich schlichtweg keinen Bock hast. Was also, frage ich mich, soll der Scheiß? Warum muss ich dich immer noch lieben, und zwar mit dem vollen Programm? Wenn schon mein Herz keine Argumente mehr hat, warum dann nicht wenigstens mein Körper?

Kann man denn nicht wenigstens unter Männern kurzfristige Zustände von — pardon — Geilheit einfach komplikationslos abfeiern, am besten in irgendeinem anonymen Kellerloch, und danach ist Ruhe im Karton? Warum muss es da trotz der Abwesenheit eines evolutionären Sinnes diese Bindung an einen bestimmten Menschen geben? Und warum will man diesen einen Menschen immer wieder und immer noch, während ein anderer nicht einmal zur flüchtigen Erinnerung taugt, selbst wenn man ihm körperlich ebenso so nah war wie dir?

Liebe adelt nunmal, mag man resümieren, selbst so etwas Profanes wie Sex. Und offenbar reichen biologistische Argumente hier wirklich nicht.

Ich will nicht weiter darüber nachdenken. Im Bett lege ich mich quer, damit niemand anderes mehr darin Platz hat, und vergrabe mein Gesicht in den Kissen: Ich wünschte, sie röchen nach dir.

In der Küche kocht jemand Kaffee.

Weihnachtswehmut

An elf Monaten im Jahr ist Alleinsein eine feine Sache. An Weihnachten ist es die Hölle. Seit Monaten terrorisieren einen Radio, Umfeld und Fernsehen damit, dass man zum Fest gefälligst seine Zeit mit Freunden, Familie und Verwandten zu verbringen hat, und ich denke, dass man als Single niemals im Jahr so sehr personifizierte Tabuzone ist wie zum harmonischsten aller Familienfeste. Man kommt in der medialen Berichterstattung einfach nicht vor. Das gibt es nicht: Alleine an Weihnachten. Und man bekommt das Gefühl, als würde einem gesellschaftlich mittlerweile so ziemlich jede Lebensbeichte verziehen, aber diese: Nicht.

Und dann die Lieder. Nach Hause fahren soll man an Weihnachten, die Kavallerie anhalten, weil man an Weihnachten doch lieber Zuhause wäre, nichts zu Weihnachten wollen außer dir und an Weihnachten sein Herz dieses Jahr nur noch jemand Besonderem schenken, auf dass es ein wundervoller Traum im Winterwunderland werde. Aber ich komme nicht drumherum; ich muss das Radio anschalten für das Frühstück im Hotel, so ist das.

Wenigstens spielt das Wetter nicht mit bei all dem Zuckerguss, denn es ist frühlingshaft warm: Die Spinnen, die eigentlich sterben oder in Winterstarre verfallen sollten, bauen schon wieder Netze, auf dem Balkon blüht beharrlich eine letzte Chrysantheme, und ich fahre ohne Handschuhe und Mütze zur Arbeit.

Dort angekommen, terrorisiert mich der Baum; ich habe ihn selbst schmücken müssen. Also, DER Baum. Er nadelt schon eifrig, obwohl ich ihn gieße, und ich frage mich, ob es nicht irgendwie obzön ist, dass man das arme Ding hier verrecken lässt, zum Fest der Liebe, obwohl es im Wald noch Jahrzehntelang ein wunderbares Leben hätte haben können. Mit Schnee und Tautropfen als Schmuck und Vögeln und Eichhörnchen statt Plastikkerzen in den Zweigen. Den Baum stehen lassen: Ja, das wäre Liebe!

Jetzt jedenfalls steht er hier in der Lobby und stirbt, rausgeputzt wie eine Hafendirne, und ich denke „Na, Arschloch?" bevor ich mich in den Sessel an der Rezeption fallen lasse. Schließlich erinnert er mich täglich an ein Fest, das für mich wohl ausfallen wird.

Mir ist so gar nicht weihnachtlich zumute. Außer an dem siechenden Baum erkenne ich gerade noch an den Kindern, dass Heiligabend ist: Sie sind noch einen Tick aufgedrehter als sonst, und die Erwachsenen geheimniskrämern um volle Tüten herum, die sie noch kurz vor knapp aus den Läden zurück ins Hotel hieven. Aber ansonsten? Kein Geist der Weihnacht nirgends.

Im Dienst also business as usual, und ich bemühe mich,

zu verdrängen, dass heute Heiligabend ist, der Tag, auf den man als Kind ewig hinfieberte, selbst wenn das verdammte Radio von nichts anderem singt und spricht.

Wenigstens der nette Kollege hält mit die Stellung; er erzählt ein bisschen von Weihnachten in seiner Heimat Polen, und ich merke, dass auch er jetzt lieber bei seiner Mutter und den Geschwistern wäre. Aber schlussendlich muss auch er nur die Zimmer putzen — Ein bisschen Weihnachtswehmut ist wohl überall.

In Berlin gibt es an Weihnachten relativ viele Gestrandete; Menschen, die niemanden mehr haben, weil die Familie tot ist oder weil sie verstoßen wurden, weil sie schwul, lesbisch und/oder transsexuell sind — Dinge, die sich mit einem Fest der Liebe, Toleranz und Vergebung natürlich nur schwer vereinbaren lassen. Ich hatte diesbezüglich schon großes Glück. Dennoch weiß ich, dass auch heute in der Kirche und in vielen Familien wohl wieder der Geist der Weihnacht gepredigt werden wird, obwohl es sicher wie das Amen in der Kirche ist, dass viele der fromm darin Betenden keinen Menschen mit Trans*vergangenheit, keinen Schwulen oder keine Lesbe in ihrer Bankreihe dulden würden; zum Teil nicht einmal eine unverheiratete Mutter oder einen arbeitslosen Vater. Auflehnung gegen Gottes Schöpfung, Sünde, Schande und so weiter.

Als ob Vorurteile und Verurteilungen keine Sünde wären. Aber man steckt nicht drin; mir auf jeden Fall verleidet dies weidlich den Kirchgang. Und das rettet auch kein mildtätiger Nebensatz, dass man doch auch der armen Einsamen gedenken sollte, der Fremden und sonstigen Armen, jetzt, an Weihnachten. Amen. Danach gehen alle nach Hause, verschließen ihre Türen und feiern die Liebe.

An all diese Dinge denke ich, während ich mit der Staubsaugerdüse zwischen nutellaverschmierten Tischbeinen herumfuhrwerke, und komme zu dem Schluss, dass mich der Geist der Weihnacht mal kreuzweise kann. Hier ist er jedenfalls nicht; nicht einmal unter den Stühlen und Bänken.

Endlich ist Feierabend. Aber ich komme einfach nicht in Festtagsstimmung, und so sitze ich nach der Arbeit in einem alten Bundeswehr-T-Shirt und Unterhosen herum und wünschte, ich könnte so bleiben, bis all der Budenzauber vorbei ist. Es gibt sogar ein finnisches Wort dafür, ohne Witz: *Kalsarikännit*. Das heißt: „Sich allein zu Hause in Unterhosen betrinken."

Aber es nützt nichts. Ich bin zu einem Essen eingeladen und furchtbar spät dran. Irgendwas muss man ja machen, an Heiligabend, wenn man den mitleidigen Blicken und Fragen am Folgetag entgehen will. Das Hemd hängt schon gebügelt am Schrank und der Wein steht kalt. *The show must go on* statt *Kalsarikännit*.

Nach Hause komme ich mit einem Stapel Bücher und interessanten neuen Geschichten. Im Briefkasten kaum Post, es wird ja leider kaum noch analog geschrieben, aber umso mehr freue ich mich über die wenigen Karten, die da sind, und wünschte, ich hätte einen Kamin, um sie in britischer Manier auf dem Sims zu drapieren: Auf den Mistelzweig über der Tür indes verzichte ich gerne, *for a reason*. Vor dem Balkon rauscht das geliebte Meer.

Das Wetter ist auch nachts noch wunderbar mild, und so radele ich noch eine Weile herum, während der Weihnachtsvollmond sein sanftes Licht auf die Dünentäler senkt. Es stimmt versöhnlich. Vielleicht muss man sich ja gar nicht so sehr an diese drei Tage klammern, um den Geist der Weihnacht hinauf zu beschwören, denke ich. Und ich denke an all die kleinen und großen Geschenke, die mir im Laufe des Jahres zuteil geworden sind. Die Liebe, die Loyalität, das Vertrauen, die Versöhnungen, Gespräche, Inspirationen, Neuanfänge und Chancen. Ich denke an die schönen Dächer in Flensburg und den majestätischen Bug der Gorch Fock, an die Sonnenaufgänge im Pirolatal und sternübersäte Inselnächte. Vielleicht, denke ich, bietet Weihnachten nicht jedem Menschen die Chance, Geschenke zu empfangen und im Kreise von Familie oder Freunden zu feiern. Vielleicht haben viele nur Brot statt Gans. Aber man bekommt so viele andere Geschenke im Jahr. Und sei es nur das Leben als solches: Auch das keine Selbstverständlichkeit. Und vielleicht, denke ich weiter, steckt ja der Geist der Weihnacht in genau den Dingen, von denen man nicht erst umständlich ein Preisschild abfriemeln muss. Ich sollte ihm die Chance geben, sich zu zeigen.
Frohe Weihnachten.

Jahresabschied

Ich vermisse das Meer.

Ich vermisse die klare, salzige Luft, den Wind, den Anblick der kreisenden Möwen und das Rufen der Nonnengänse auf den Feldern. Und ich vermisse einen Hafen. Ich vermisse den Hafen von Langeoog, wo sich die Lichter der Schiffe und Laternen in sanften Wellen spiegeln. Wo das Nebelhorn der Fähre mir sagt: Du bist Zuhause. Ich vermisse den Hafen von Berlin, wo das Kneipenlicht zitternde, bunte Streifen in die Regenpfützen auf dem Asphalt malt. Wo mir ein schöner Seemannssohn von Meer und Möwen singt. Ich vermisse einen Ort, an dem ich ruhigen Herzens festmachen kann, ankommen und mich aufwärmen. Einen Ort, an dem es Liebe gibt. Einen Ort, an dem du bist.

Dennoch verbringe ich die letzten Tage des alten Jahres weder auf der Insel noch bei dir, sondern im Nirgends zwischen Ruhrgebiet und Bergischem Land. Dort, wo ich aufwuchs. Dort, wo ich nicht tot überm Zaun hängen wöllte, wenn dort nicht noch meine Eltern lebten.

Natürlich gibt es auch dort schöne Ecken. Natürlich empfinde ich auch dort ein Gefühl von Heimat, wenn der Blick über grüne Hügel und Felder gleitet und man instinktiv noch alle Schleichwege durch den Wald findet, in dem man als Kind so oft gespielt hat: Hütten gebaut und Staudämme am Deilbach. Wenn man die Tanne sieht, in deren Krone man vom Kinderzimmerfenster aus sah, und die nun weit übers Haus ragt. Man kennt die Brücke, von der sich ein depressiver Schulkamerad mit 15 Jahren in den Tod stürzte, man weiß noch, wo das Häuschen stand, in dem man mit 13 heimlich rauchte. Man sieht das Gebäude mit den Schultoiletten und hat sofort wieder diesen Geruch in der Nase aus Urin, Desinfektionsmittel und alten Lappen. Man sieht die gehässigen Fratzen der Mädchen im Spiegel hinter sich, immer in Grüppchen, und ich: Immer anders.

Ich passiere das Haus der Schulkameradin mit dem Taubenschlag, der heute nicht mehr da ist — ebensowenig wie das Wäldchen an der Grundschule, vor dem wir uns alle ein wenig gruselten, und als Mutprobe natürlich trotzdem dauernd drin herumtollten. Heute stehen dort schicke Neubauten.

Ich mag die schiefergedeckten, bergischen Fachwerkhäuschen und die steilen Straßen. Im Umland die Fördertürme und der idyllische Altarm der Ruhr, auf dem wir Schlittschuh liefen, wie es kein niederländischer Renaissancemeister schöner hätte malen können.

Und natürlich sind da die Eltern. Ich vermisse meinen Vater schon, als ich ihn vor der Rückfahrt noch die Treppen des Bahnhofs hinuntergehen sehe, und mit ihm gehen so viele schöne und erzählenswerte Geschichten, gehen 74 Jahre unersetzliches Leben die Treppe hinunter, und mir graut so sehr vor dem Tag, an dem ich meine Eltern für immer fortgehen lassen muss.

Das Damoklesschwert der Endlichkeit schwebt über jedem Jahreswechsel. Gut, denke ich. 2015 bin ich also noch nicht Waise geworden. Aber niemand weiß, wie viele Jahre noch blieben — Zeit ist kostbar, wenn geliebte Menschen altern — und dafür kann man dann auch mal nach Velbert, ins Bergische Nirgendwo.

Zum Jahreswechsel selbst liegen wir alle schon im Bett, zu viel gegessen, und zum Feiern fehlt uns die Lust. Obwohl ich sonst gerne Feuerwerk ansehe, kann ich es dieses Jahr nicht ertragen: Zum Böllern war mir dieses Jahr zu viel echter Krieg in der Welt.

Und so freuen wir uns einfach am ersten Tag des neuen Jahres, dass wir alle noch atmen, und dann geht es auch schon zurück nach Langeoog.

In den Abschiedsschmerz wegen des Zurücklassens meines Vaters am Bahngleis mischt sich die Vorfreude auf die Insel — nicht unbegleitet von schlechtem Gewissen. Sollte man nicht da Zuhause sein, wo man geboren wurde? Dort, wo die Menschen sind, die man liebt? Ich liebe meine Eltern. Aber ich bin diesem Ort entwachsen. Ein Zuhause fühle ich nicht. Und mit Berlin ist es nicht anders: Dort, wo du bist. Der Zug auf dem Gleis gegenüber fährt nach Berlin, in die entgegengesetzte Richtung. Auf der nächsten Reise muss ich da mit, denke ich, und mir wird bang ums Herz.

Sicher, ich freue mich furchtbar auf die Freund_innen, die ich dort sehen werde. Ich freue mich auf meine Sachen, die ich endlich nachholen kann auf meine Insel.

Aber über all dem stehst immer noch du. Ich wünschte, ich hätte nicht an Silvester daran denken müssen, wie du jetzt all diese fremden Menschen in deiner Bar umarmst und küsst. Oder sie dich. Ich wünschte, ich säße jetzt nicht in diesem Zug mit dieser Angst vor der nächsten Reise. Was soll ich in Berlin, denke ich. In einem Berlin ohne dich. Und gleichzeitig schäme ich mich, weil es so unfair ist, den Freund_innen gegenüber. Die mich nicht aus ihrem Leben geschubst haben, die mir schreiben, zuhören, für mich kochen, Zeug schleppen und Autofahren. Die mir helfen und mich zum Lachen bringen. Aber ich denke immer noch nur an den, um den ich weinte! Komm mit mir, denke ich. Ich würde dir so gern einmal meinen Hafen zeigen. Ich nähme so gerne noch einmal deine Hand. Aber die Worte gehen unter im Lärm der Großstadt, im Schlagen meines heimatlosen Herzens. Das Leben setzt seltsame Prioritäten.

Die Sehnsucht nach der Insel wächst mit jedem Kilometer Bahn, Bus und Schiff. Es hat zu regnen begonnen. Als die Fähre anlegt, ist es bereits Nacht.

Mein Haus schaut aus traurigen, dunklen Augen ins Tal. Im Winter wohnt außer mir niemand darin. Aber bald werde ich da sein und Lichter anzünden. Bald wird es wieder warm.

Filmriss

Und dann der Moment, in dem mir die Erwähnung deines Namens immer noch eine Atombombe durchs Herz jagt. Eine Atombombe, deren Detonation in Nanosekunden alles zerstört, was ich mir an hübsch gestrichenen Gartenzäunen und heimelig-kuscheliger Idylle in zwei Jahren um mein verwundetes Ich herum aufgebaut habe. Selbstschutz, Seelenpflege, Achtsamkeit, Selbstliebe, all der therapeutische Schnickschnack. Wie absurd das plötzlich scheint. Irgendein facebook-Kommentar, als Antwort auf deinen, und dann dein Name darin, den ich nicht anklicken kann, weil du mich mit aller Konsequenz auch aus deinem virtuellen Dasein gekegelt hast.

Ich möchte auch noch mit dir schreiben, denke ich, während Verzweiflung, Sehnsucht, Trauer und Eifersucht zugleich im Gedärm nagen. Und dann: Detonation.

Es tut immer noch weh. Nach zwei verdammten Jahren. Ich erinnere all die schönen und lustigen Konversationen, die ich selbst mit dir hatte; erinnere die Zeit, in der du für mich der hübsch gestrichene Gartenzaun um mein verwundetes Ich warst; erinnere die ersten zarten Pflanzen, die sich durch deinen Zuspruch, deine Liebe aus der verbrannten Erde wagten. Die Zeit, in der wir gemeinsam die ersten Wände meiner neuen Welt hochzogen. Du hättest deinen Platz hier bekommen, denke ich. Du hättest noch immer Platz.

Aber es gibt keine Berührungspunkte mehr, außer gemeinsamen Freunden, für die sich nichts geändert hat mit dir. Für mich änderte sich alles.

Ich muss raus. Und dann stehe ich am Strand, atme kristallklare Luft, und der Blick labt sich an den sanften Hügeln verschneiter Dünen. Alles an dieser Insel ist so frei. Alles hier umarmt mich. Die Vögel singen für mich, einfach so. Und dann meine Wohnung: Manchmal kann ich mein Glück damit immer noch nicht fassen. Alles hier atmet Ankommen, Loslassen, Zuhause. Alles hier ist so verdammt wunderschön. Kein Dreck, kein Lärm. Und Berlin ist so weit weg.

Die Leuchtfeuer der Häfen geleiten mich heim. Doch dann fällt dein Name und mir ist, als gingen all diese Lichter schlagartig aus. Als würden Vögel und Meer verstummen. Als hätte deine Liebe bei ihrem Verschwinden alle Farben, alle Wärme und alle Schönheit ausgetrunken. Ex und hopp.

Übrig bleiben Nässe, Dunkelheit und Kälte. Und dann bin ich nicht mehr an Land, sondern treibe weit draußen, in feindlicher, lackschwarzer See. Aber ich bin zu stolz; ich kann dich nicht anflehen, mich zu retten. Ich würde es nicht wollen. Und so sehe ich dich daheim, ahnungslos, rauchend, auf der alten Seekiste deines Vaters sitzen, die nie wieder auf See gehen wird: Auch nicht als Fracht nach Langeoog. Vielleicht blätterst du in einem Buch. Vielleicht bist du nicht allein.

I'm so sick of that same old love, singt jemand im Radio, und ich denke nur: Fuck, yes!

Ich will dich nicht mehr lieben. Aber ich weiß nicht, wie das gehen soll, wenn es immer noch diese Momente gibt, in denen alles in mir nur noch „komm zurück" schreit. Diese Momente, in denen ich eine Seite meines Tisches freischaufele, damit du deine Tasse, dein Telefon und deine Kippen da hinstellen kannst. Diese Momente, in denen ich jeden Menschen beneide, der dir noch nicht so egal ist wie ich. In denen ich es nicht ertrage. Dieses Monster, das mit unablässiger, krallenbewehrter Grausamkeit in den weichen, sonnendurchfluteten Seidenvorhängen meiner Gefühle für dich herumfetzt. Dieses Monster namens Realitätssinn und Lebenserfahrung, das mir sagt: Du wirst nicht kommen. Ich blinzele ein paar Tränen weg, die kommen von der Kälte.

Das Meer, denke ich, während ich auf die schäumende Gischt starre, ist so machtvoll. Das Meer besiegt jeden. Aber warum nimmt es mir nicht meine Liebe? Warum bringt es dich nicht zurück?

Das Meer antwortet nicht, aber ich bin trotzdem froh, dass es da ist. Dass es mir täglich Schönheit spendet, Heimat, Inspiration und Leben. Dass ich es mit Liebe überschütten darf, ohne dass es zu viel davon hat. Dass es keinen Unterschied zwischen den Menschen macht. Dass es einen nackt genauso liebt wie angezogen, lachend genauso wie weinend. Niemand muss dem Meer seine Existenz erklären oder seinen Körper. Niemand ist für das Meer ein Freak. Ich liebe das Meer dafür, dass ich es lieben darf, so wie ich bin: Dafür zuallererst. Und dafür liebte ich auch dich.

Es ist wirklich eisig, an diesem Januartag, und so mache ich mich auf den Heimweg durch die vom Blitzeis glasierten Dünengräser und Sanddornsträucher, deren eisüberzogene Beeren wie kandierte Früchte aussehen.

Wenig später sitze ich mit heißem Kaffee am Fenster meines Arbeitszimmers. Vor dem Fenster, an dessen Rahmen sich glitzernde Schneeflocken türmen, fällt der Blick auf einen weißen Gartenzaun und eine blaue Bank: Alles, was ich an friesischer Landidylle immer wollte. Ein Schwarm niedlicher, beigefarbener Schneeammern tobt durch das Schneetreiben in meinem Vorgarten, und ich freue mich über ihr unverkennbares Zwitschern und ihre Fröhlichkeit verbreitende Energie. Würde ich das aufgeben für dich?

Hier muss ich nicht überlegen: Nein. Ich denke immer noch, dass wir in vielen Dingen gut zusammen passen, und womöglich denkst du das über einige Dinge auch noch, aber es ist mit uns wohl gerade so, als liefen zwei ähnliche Kinofilme in getrennten Sälen. In verschiedenen Kinos. Auf verschiedenen Kontinenten. Man bekommt hier und da noch etwas mit; eine Rezension, einen gelungenen Witz, ein schönes Bild. Gerne würde ich deinen Film auch sehen. Aber ich muss in meiner Vorführung bleiben, bis der Vorhang fällt. Und eigentlich mag ich ja auch keine Filme mit Happyend. Aber eines weiß ich: Es liegt noch immer eine Karte an der Kasse für dich.

Spaceboy

Es ist der Tag, an dem David Bowie starb. Wieder ist ein bisschen Farbe aus der Kulturszene gewichen, denke ich, als ich mein iTunes Archiv nach Bowie-Songs und das Archiv meiner Erinnerungen nach damit assoziierten Geschichten durchkrame.

Ich konnte mich nicht mit allen seiner Musikstücke anfreunden; ich war auch kein erklärter Bowie-Fan und hatte keine Bowie-Poster an der Wand hängen. Aber dennoch war dieser Mensch auf eine bestimmte Weise für mich prägend.

War er es nicht, der auf alle Genderstereotype pfiff, als in Deutschland noch nicht einmal das Wort dafür existierte? Der offen bisexuell lebte, zu einer Zeit, als das noch ein ausgewachsener Skandal war? Der seinen Modestil so oft und dabei trotzdem jedes Mal so authentisch wechselte, dass sich wohl jeder und jede irgendwann einmal mit ein bisschen Bowie identifizieren konnte? War es nicht er, der Androgynität nicht nur salonfähig, sondern sogar begehrenswert machte — und zwar für Männer und Frauen?

Und lebte er nicht auch drei Jahre lang in Berlin, mit der zauberhaften Romy Haag als Muse, der ich wiederum an einem Winterabend vor dem Theater des Westens ganz zögernd die Hand gab, ehrfurchtsvoll denkend: Große Göttin, diese Frau hing mit David Bowie ab und steht jetzt mit mir auf einer Treppe? Ich konnte das nur bewundern.

Dann stand ich da, androgyn in meinem Smoking, und dachte, dass es genau das war, was ich wollte: Diese grenzenlose Freiheit.

Die Freiheit, derjenige zu sein, der ich bin. Wo ich wollte und wie ich wollte. Die Freiheit, den Menschen zu lieben, den ich wollte. Wo ich wollte und wie ich wollte. Die Freiheit, meinen eigenen Idealen zu folgen, meiner eigenen Idee von Schönheit.

Ich wollte frei sein. An kein Geschlecht gebunden, keine Konvention, ja nicht einmal an eine sexuelle Orientierung, und irgendwann fand ich heraus, dass der Schlüssel zu dieser Freiheit nur in mir selbst lag. Niemand hatte dieses Normengefängnis um mich errichtet. Also konnte mich auch niemand anderer herausholen: Das konnte ich nur selbst. Und das tat ich.

Ach, Berlin. Was folgte, war eine Überdosis Leben. Aber irgendwann stellte ich fest, dass die Abwesenheit von Grenzen auch in das Gegenteil von Freiheit umschlagen kann: Der Grat zur Verlorenheit ist schmal. Gibt einem denn nicht erst das Überschreiten von selbst gesetzten Grenzen ein Gefühl von Freiheit? ist der Raum innerhalb selbst gesetzter Grenzen nicht auch Schutzraum, ein Rückzugsort? Was aber, wenn es erst gar keine Grenzen mehr gibt? Dann gibt es auch nichts mehr, was sich noch zu entdecken lohnt. Mein Leben wurde uferlos, ein regenbogenbuntes Bild, aus dem langsam die Farbe blutete. Und mittendrin saß ein kleiner Junge und streckte die Arme nach mir aus. Ich musste ihn heimbringen.

Ich wollte ein Stein sein, der im Wasser Kreise treibt,

aber nicht die Kreise selbst, welche zunehmend schwächelten und schließlich verschwanden, ohne ihre Mitte wiedergefunden zu haben. Ich brauchte wieder einen Hafen. Ich brauchte mich selbst. Und so bestellte ich mein Land und baute mir eine Burg. In der Sicherheit dieser neuen Mauern konnte ich dann nach ein paar Jahren wieder ins Land spähen —— und nach den Schiffen am Horizont. Dann kamst du.

Du sahst mich so, wie ich war. Mein Hafen war deiner. Und ich? Traute mich durch dich wieder hinaus in die Welt, wenn auch nach wie vor zögernd. *I absolutely love you, but we're absolute beginners* sänge Bowie dazu.

Der Spaceboy war gelandet. In den Himmel sah ich jetzt nur noch mit dir und durch dich, deine schöne Stimme samtig wie der nachtblaue Vorhang, auf dem die Sterne glänzten. *I absolutely loved you.*

Ähnliches gilt auch für meine Insel. „Das ist doch nur ein Exil, eine Flucht" höre ich oft, aber für mich ist die Insel Freiheit. Nicht trotz, sondern wegen ihrer Begrenzungen. Das Umringtsein von Wasser gibt mir Sicherheit. Von hier aus kann ich nach Schiffen Ausschau halten. Und ist nicht auch eine Insel so etwas wie ein großer Stein im Wasser? Der Kreise zieht, aber dennoch seine Mitte nicht verliert? Sich verändert, aber (im Idealfalle) nicht verschwindet? Auch Langeoog ist meine Burg.

Während ich dergestalt über mein Leben philosophiere, wird es Nacht auf der Insel, und ich wandere entlang der Dünenpromenade. Blaues Licht senkt sich auf den

Strand. Die Lichter der Schiffe am Horizont gehen auf wie die Sterne am Firmament. Überall blinkt und leuchtet es plötzlich. Es ist so wunderschön.

Ich halte inne und denke an meine Fixsterne in Berlin. Jene Menschen, die in der schwierigen Zeit auf ebenso unaufdringliche wie beständige Weise für mich da waren, obwohl ich oftmals weder für mich noch für andere eine Freude war. Die halfen. Mit mir im Krankenhaus hockten, in Wartezimmern und Behörden. Einige leuchten noch immer dort, wo ich sie immer sehen kann. Andere sind aus meiner Galaxie verschwunden, aber ich erinnere ihren Glanz.

Hallo Spaceboy,

you're sleepy now

Your silhouette is so stationary

You're released but your custody calls

And I want to be free

Don't you want to be free

Do you like girls or boys

It's confusing these days

But Moondust will cover you

Cover you

This chaos is killing me

So bye bye love

Yeah bye bye love

Bye bye love

Yeah bye bye love

This chaos is killing me

And the chaos is calling me
Yeah bye bye love

Hallo Spaceboy, (c) 1995, D. Bowie/ B. Eno

Tauwetter

Die See schlägt mächtige Wogen, quecksilberfarben zwischen den Dünentälern hervorleuchtend, in denen sich das Auge an schier endloser Weite und jeder nur vorstellbaren Grünnuance labt. Vereinzelte Hagelkörner liegen auf dem sattgrünen Moos wie winzige, weiße Blüten.
Der Himmel hat ausgetobt. Zwischen gigantischen Kumulusbergen zeigt sich der Himmel in kräftigem Türkis, durchwebt von ersten Streifen lachsfarbener Dämmerung.
Mein Gott, ist das schön. Man kann das nicht schweigend denken, aussprechen muss man es, wie irre zu sich selbst murmelnd, während man auf Tjard-sin-Utkiek nach irgendeinem Halt sucht, damit einen der Anblick dieser Pracht nicht vollkommen übermannt: Mein Gott, ist das schön. Langeoog macht mir den Abschied nicht leicht. Übermorgen bin ich in Berlin.
Am Strandübergang hängen Tautropfen in perfekter Symmetrie von einem Draht, der Menschen und Tiere vom Betreten der Dünen fernhalten soll, oder, wie unser Wattführer sagt: Die Sturmflut, wenn sich Gäste wieder einmal absichtlich dumm stellen und meinen, den Draht

nicht gesehen oder dessen Bedeutung nicht erahnt zu haben.

Auf jeden Fall hängen diese Tropfen dort in vollkommen regelmäßigem Abstand, wie aufgefädelt, und ich frage mich, ob es da irgendein physikalisches Gesetz für gibt. Manchmal ist die Natur so perfekt, dass es fast schon absurd ist.

Ich betrachte die schweren Tropfen und überlege, dass ich den Draht nur antippen müsste, um diese Perfektion zu zerstören. Eine winzige Berührung würde reichen, um das anzurichten, was die Schwerkraft ohnehin bald täte, und mir wird weh ums Herz bei dem Gedanken daran, wie fragil doch Schönheit ist. Und wie wenig reicht, um etwas Vollkommenes zu zerstören: Sei es durch Taten oder Worte. Ich tippe den Draht an. Die Tropfen fallen alle auf einmal, dann ist er nackt. Ein gewöhnlicher, grüner Draht.

Es hätte ja sowieso bald ein Ende gehabt mit der Pracht. Dachte ich das nicht damals auch bei dir? Hatte ich ihn nicht längst bemerkt, deinen Rückzug, mein Stranden an allen Gestaden? Es brauchte auch bei dir nur noch ein Antippen, damit alles, was glänzte, fiel, und genau wie jetzt, wusste ich, was ich tat.

Schuld. So ganz werde ich das Gefühl nicht los, so wie einen Ölfilm oder einen Streifen Teer, den man nicht abzuwaschen schafft. Vergiss es, sage ich mir. Es hätte geendet, so oder so. Wenn Vollkommenheit ein Dauerzustand wäre, nähmen wir sie doch gar nicht als solche wahr. Es braucht Schietwedder, um solche Kunstwerke wie die Tautropfen in die Natur zu hängen, und es braucht Leid, um die Schönheit des Lebens zu erkennen. Und seinen Wert.

Ich werde nicht in deine Nähe gehen in Berlin. Ich muss begreifen, das alles, was war, im Sand versickert ist wie diese Tropfen am Draht, an dem ich rüttelte. Es ist unrettbar, und ich muss warten, was der nächste Regen bringt. Aber dennoch vermisse ich dich noch immer, oder irgendetwas, das uns verband. Ob das noch Liebe ist, weiß ich nicht.

Auf dem Rückweg kommt mir eine Gruppe Menschen entgegen, und es ist eigenartig, im Winter so viele Menschen auf einmal auf der Insel zu sehen, wahrscheinlich eine Familienfeier oder ein Verein. Ich bin das nicht mehr gewohnt, und frage mich, wie das erst in Berlin werden soll, wo man immer und überall Menschen hat, zu jedem Zeitpunkt. Kann ich mich wieder einfädeln in das Treiben der Stadt?

Ich sehe an mir herab, die Cordhose ist toll für die Insel, ebenso wie das karierte Flanellhemd und was ich hier sonst noch gern trage, aber zugleich denke ich, dass ich doch provinziell geworden bin. Ich freue mich täglich aufs Nachhausekommen, auf Tee, den Schaukelstuhl, warme Decken und meine Bücher. Nichts zieht mich mehr in die Welt, weil meine eigene Welt um mich ist. Mein Zuhause, meine Burg.

Das in Berlin allgegenwärtige Gefühl, immer nur Zeit abzuleben und lediglich irgendein Planktonteilchen in einem aufgewühlten, schlammigen Teich zu sein, habe ich hier nicht mehr. Hier ist alles so schön klar, überschaubar und einfach.

Andererseits kann man sich in Berlin auch besser verstecken. Und alles ist greifbar; kein Verlangen, dass die Stadt nicht binnen Kurzem zu stillen wüsste.

Auf Langeoog stillt die meisten Sehnsüchte das Meer, alles darüber Hinausgehende muss man indes endlos planen. Aber sobald man alles jederzeit zur Verfügung hat, ist es ja doch nie genug. Die Insel indes lehrt Genügsamkeit, und für jemanden wie mich, der im Maßhalten mit seinen Leidenschaften nicht immer brillierte, ist das wohl optimal.

Ich öffne den Kleiderschrank. Die Skinny Jeans und engen T-Shirts aus umtriebigeren Zeiten in Berlin sind noch da. Ich werde sie wohl einpacken. Dann bin ich halt jemand aus der Provinz, der auf Berlin macht, denke ich. Ein Tourist.

Plötzlich nagt auch hier Abschiedsschmerz: Ich werde in der Stadt kein Zuhause mehr haben, wenn ich das nächste Mal hinfahre. Ich räume die Wohnung, endgültig. Meine Sachen werden spediert, eingelagert, verschenkt.Und dann bin ich wirklich nur noch Tourist. Ein Tourist aus Ostfriesland. Was hätten wir in deiner Bar darüber gelacht! Irgendein Landei, das in Cordhosen von einer Insel kommt. Aber vielleicht erkennt mich Berlin ja auch wieder.

Letzter Abend

Die bunten Lichter der Stadt ziehen am Straßenbahnfenster vorbei. An der Haltestelle, wo ich früher immer zu dir umstieg, wartet eine junge Frau. Sie hat ein bildschönes Gesicht mit dunkelblauen, verträumten Augen. In dem blonden, geflochtenen Zopf auf ihren Schultern und auf ihrer weinroten Strickmütze sammeln sich Schneeflocken. Ich überlege, ob ich sie lieb haben könnte; es wäre doch alles so viel einfacher mit einer Freundin und ohne dich. Aber Schönheit, Weiblichkeit und Jugend sind stumpfe Waffen im Kampf gegen meine Liebe: Ich will ja doch nur diesen Mann.

Die ganze Straßenbahnfahrt lang spähe ich nach dir, deiner Silhouette und dem vertrauten Gang, obwohl ich weiß, dass du längst bei der Arbeit bist und hier nicht herumlaufen wirst. Ich recke den Hals nach dem Dach deines Hauses, obwohl ich weiß, dass man es von hier aus nicht sehen kann. Und dennoch sehe ich es: Den Hof, dein Küchenfenster, das jetzt dunkel ist, dein ordentlich gemachtes Bett.

In der Küche deine Kaffeetasse in Friesisch Blau, auf dem Herd irgendein Rest zu essen, für später, wenn du heimkommst. Wie gern würde ich dort auf dich warten. 200 Jahre Emanzipationsbewegung und dann das, denke ich wütend, aber ich kann meine Gefühle nicht ändern. Mich befällt eine Sehnsucht nach Leinen und warmer

Haut. Ich sehe, wie du auf dem Sofa sitzt und rauchst; mit dem Anbruch der Morgendämmerung kehrt auch das Blau in deine jetzt noch dunkelgrauen Augen zurück. Ich beneide die Zigarette zwischen deinen Lippen. Und wie gerne hörte ich noch einmal diesen Satz: Komm. Wir fahren nach Hause.

Irgendwelche Menschen fallen neben mir in die Bahn, zusammen mit einem Schwall nasskalter Luft. Rascheln. Plappern. Gelächter. Fremdsprachen. Irgendwo besoffenes Gelalle. Ich nehme nichts davon wirklich wahr.

Ich erinnere den Weg zu dir und wie ich jede Haltestelle, jeden Pflasterstein und jedes Schaufenster zählte. Schmelzender Schnee lief in meinen Kragen und die Schuhe. Ungemütlich war es draußen. Aber drinnen wartete die Wärme deiner Arme, der rettende Hafen vor den Stürmen der Nacht.

Heute habe ich ein anderes Ziel. Ein anderer Freund wartet. Ich mag ihn sehr gerne, und es dauert mich, dass er für mein verdammtes Herz trotzdem nur Plan B ist. Du stehst am anderen Ende der Stadt und singst. Ich erzähle dem Freund von dir, und bin froh, dass ich das darf, weil ich sonst implodiere vor lauter Gefühl.

„Ich vermisse ihn noch immer."

Es tut gut, das aussprechen zu dürfen. Vor jemandem, der das versteht. Er sieht sich Fotos von dir an: Ein schöner Mann, sagt er, zweifelsohne. Und erst seine Stimme, sage ich. Du müsstest hören, wie schön er singt!

Ich werde das nicht mehr hören, nicht live zumindest. Aber ich wünschte, ich könnte genau jetzt eine Pipeline zu dir legen, mit all diesem Gefühl darin. Ich wünschte, du sängest in meinen Worten über die Liebe. Aber vielleicht singst du auch gerade nur von der Reeperbahn, nachts um halb eins.

Unsere Pints sind leer. Es wird Zeit für den Heimweg. Ich befehle Stolz und Würde das Kommando über meinen Körper und Geist, damit keiner davon noch Umwege einschlägt, und so lande ich schließlich artig Zuhause. Auch du bist jetzt sicher schon beim Aftershowschnaps, und mir bleibt nur die Hoffnung, dass du heute alleine nach Hause fährst.

In der Wohnung streife ich ein letztes Mal durch die Räume mit den gestapelten Umzugskisten und den prallen Müllsäcken. So viele Dinge, die einem irgendwann einmal etwas bedeuteten. Hinter dem Sofa und den Regalen liegen noch Papiere, Büroklammern, Staubmäuse und Bierdeckel mit Telefonnummern von Menschen, an die ich mich nicht erinnere. Vor dem Fenster wiegt sich der Walnussbaum, auf dem tagsüber Eichhörnchen, Eichelhäher, Spechte und Elstern durch die Zweige toben. Ich mochte den Anblick. Nächsten Monat sieht aus dem Fenster ein Fremder.

Tschüss, sage ich leise, als ich den Schlüssel in den Briefkasten der Hausverwaltung werfe. Tschüss Walnussbaum. Tschüss Stadt. Es war auch dein letztes Wort an mich damals: Tschüss. Ich sagte darauf nichts mehr.

Nur die Liebe weigert sich immer noch, zu schweigen.

Berlin — Langeoog

Dann also erstmal nach Hannover. Am Zugfenster zieht Landschaft vorbei: Kiefernwäldchen. Wiesen mit Maulwurfshügeln. Ein grauer Himmel, der sich in tauwassergefüllten Traktorreifenspuren auf den Feldern spiegelt. Auf einer Lichtung thront, umringt von entlaubten Buchen, ein Hochsitz. Das Meer ist noch weit. Doch die See in mir tost.

Es ist nicht leicht, so ein ‚für immer‘. Und ich frage mich, ob es falsch war, dich nicht zu sehen; es nicht einmal zu versuchen, dich um ein Wiedersehen zu bitten. Vielleicht wäre es gar nicht so schlimm geworden, denke ich. Vielleicht hätte er mir ja noch ein Bier verkauft. Vielleicht wäre er wenigstens höflich gewesen. Vielleicht aber auch nicht, denke ich, und diese Option ist mir unerträglich. Und was nützt mir eine Buddel Flens auf deinem Tresen, wenn du dein Heineken nicht mehr daneben stellst? Es wäre erbärmlich.

Ich sehe wieder hinaus. Der Wald vorm Fenster wird jetzt dichter. Der Himmel klart auf. Sonnenlicht fällt auf weichbemooste Hügel zwischen Bäumen. Über den laubgepolsterten Waldweg jagt ein Eichhörnchen.

Es ist ein wunderbarer Anblick, und dennoch sehe ich

immer noch nur deine Straße, regennass und dunkel. Werde ich dich wirklich niemals wieder sehen?

Ich will nicht eines Tages über facebook erfahren, dass du tot bist, denke ich in einem Anfall von Drama, und Panik ergreift mich. Es ist zu groß, dieses ‚für immer‘. Überlebensgroß. Und ich weiß nicht, wie ich aus jemandem, den ich liebte, einen Fremden machen soll, ungeachtet dessen, was gut für mich wäre.

Ich denke an die Bilder, die ich beim Ausräumen der Wohnung fand, die Postkarten und Briefe: Andere Menschen, die ich mal liebte. Es schmerzte nicht mehr. Es gab noch Wut in einigen Fällen, etwas Wehmut bei anderen, ein leises „Es tut mir Leid", bei jenen, denen ich das Herz brach. Aber keine Schmerzen.

Ich schaffe das auch bei dir, denke ich, den Blick starr in die Natur geheftet, ich schaffe das. Und dann bist du nur noch eine schöne Stimme auf meinem iPod. Es scheint mir noch so weit weg wie meine Insel. Krampfhaft versuche ich, Vorfreude zu empfinden, an Langeoog zu denken, das jetzt mein richtiges und einziges Zuhause ist. An den Ort, der mich glücklich machte. Es gelingt nicht.

Als mich ein lieber Freund zum Bahnhof brachte, kreisten Lachmöwen über der Spree. Von Pfeilern spähten Kormorane. Schau mal, das Meer begrüßt dich schon hier, sagte der Freund, und ich war dankbar dafür. Früher habe ich so etwas geliebt. Ständig streifte ich an Berliner Gewässern entlang auf der Suche nach Küsten-

vögeln: Waren sie mir doch ein Stück meiner Herzens-
heimat. Schau, schienen sie mir heute zu sagen: Berlin
hat auch ein Meer. Ja, denke ich. Und du warst mein
Hafen.

Kurz vor Hannover weicht der Wald trostlosen Orten
von ausnehmender Hässlichkeit. Es hat zu regnen begonnen. Von Hannover aus geht es weiter nach Ostfriesland. Der Anblick der Schiffe im Bremer Binnen-
hafen macht mich traurig. Ein französischer Chanson
kommt mir in den Sinn, in dem es (übersetzt) heißt:

Jedes Schiff trägt deine Flagge
Ich weiß nicht mehr, wo ich hingehen soll
Du bist überall

Es gibt wohl nur wenige Liedzeilen, die ich stärker
nachempfinden könnte.

Dann Leer. Ein Bekannter von mir war hier jahrelang
Pfarrer. In seinem hübschen Pfarrhäuschen hingen weiße Scheibengardinen in den Fenstern, und im Vorgarten blühten im Frühjahr Tulpen und Krokusse, durch
die eine Katze schlich. Seine Gemeinde liebte ihn. Er
aber liebte Männer und das wiederum liebte die Kirche
nicht. Ihm blieb Berlin. Ich sende Grüße an den Pfarrer, während der mit Schulkindern überfüllte Bus nach
Aurich an pittoresken Klinkerhäuschen vorbeischaukelt.
Die letzte Etappe nach Bensersiel. Und hier endlich wei-
tet sich mein Herz. Die Sehnsucht nach dir verflacht in
gleichem Maße wie die Landschaft. Der Himmel klart

auf, und mit ihm mein Gemüt. Zwischen Wolkenfetzen kreisen Möwen, ihre Schreie ein Lied von Heimat. Das Meer in mir wird ruhig.

Die Nacht bricht an, als wir am Anleger Halt machen. Auf der Überfahrt mit der kleinsten unserer Fähren genehmige ich mir ein Bier, während ich auf die dunkel schäumende See hinabblicke. Es ist kein Flensburger.

Ankommen

Endlich ist es wieder da. Das lang ersehnte Blau des Frühlings löst alle Schwere in Leichtigkeit. Wärmende Sonne im Gesicht, radele ich in der Mittagspause zum Tjard-sin-Utkiek und blicke hinab auf ein Land, wie es schöner nicht sein könnte. Der Mensch erwacht. Verfluchte ich auch am Morgen noch das Aufstehen ebenso wie die Erfindung des Snooze-Buttons, so fließt nun alle Müdigkeit mit dem milden Strom der Brise davon, hinaus auf die See, hinaus ins All. Es tut gut, hier zu sein: Die Insel wird langsam meins.

Abends stehe ich vor dem Spiegel und untersuche Bart und Haare auf Grau. Vierzig Jahre, denke ich, meine Güte. Einen Monat noch.

Ich überlege, ob man das sieht. Zweiunddreißig, denke ich. Das haut noch hin. Ja, denke ich, Zweiundreißig ist gut. Acht Jahre immerhin, die man mir nicht ansieht.

Aber was zählt, ist sowieso das Innere. Nicht, dass mir Schönheit auf einmal nicht mehr wichtig wäre. Im Gegenteil: Schönheit wird immer mein Elixier sein. Aber nicht nur die Schönheit des Äußeren. Auch Schönheit der Sprache. Schönheit des Handelns. Die Schönheit der Menschlichkeit. Die Schönheit von Wahrheit. Und, natürlich: Die Schönheit der Liebe. Ich kann zufrieden sein, denke ich.

Natürlich gab es da mal diese Träume, was man erreicht haben wollte mit Vierzig. Mir ist das nicht mehr wichtig. Baum pflanzen, Sohn zeugen, Haus bauen — Setzt nicht jeder seine Wegmarken anders? Und doch habe auch ich viel erreicht. Ich bin, wer ich bin und immer war. Ich bin da, wo ich immer sein wollte, zumindest geografisch. Die neue Arbeit ist schön: Man hat etwas Bleibendes produziert und mit Menschen gesprochen, die diese Arbeit ernst nehmen und würdigen. Abends komme ich jetzt endlich zu festen Zeiten heim und schließe die Tür meines Eigenheims auf. Mein Zuhause: Was für ein schönes „Für immer"!
Gefühle, die sich vorgestern noch wie klebriges Sediment durch meine Herzgänge schoben, sind nun balsamisch fließender Honig in einem Meer von Ruhe. Auch die Eltern kommen bald zu Besuch, und ich bin so unendlich froh, dass ich ihnen mein Zuhause noch zeigen kann. Die Insel ist wunderbar im Frühling. Und ich wünsche ihnen noch so viele Frühlinge.
Es ist nicht abbezahlt!, mahnt eine Stimme im Inneren. Sie sind über 70 und irgendwann tot!, eine andere. Ich verjage die unkenden Geister. Jetzt nicht!, rufe ich aus,

Langeoog ist viel zu schön zum Sterben! Die Stimmen verstummen. 2016, nehme ich mir vor, werde ich nicht trauern. Und wenn es doch einen Gott gibt, so stehe er mir bei.

Auf dem Gras in meinem Garten ruht ein letzter Streifen Sonne. In der Ecke des Rasens, so der Beschluss der Eigentümerversammlung, wird im Frühjahr ein Baum gepflanzt. Ich meldete mich fürs Pflanzen freiwillig. Dann ist es nämlich mein Baum, und wir können uns gegenseitig beim Altern zusehen. Dann werden Jahr um Jahr seine Blätter welk und meine Haare grau, dann werden wir gemeinsam im Schnee frieren und uns freuen, wenn im Frühjahr die Zugvögel zurückkehren. Es wird ein Apfelbaum, und ich werde ihn pflegen und er mich nähren: Das ist der Deal. Fast kann ich es schon schmecken, das selbstgemachte Apfelkompott mit Rum und Rosinen im Herbst; der Rum aus dem hübschen Spirituosenladen lieb gewonnener Insulaner-Freunde stammend, die dann auch schon alt sein werden, wenn mein Baum das erste Mal Früchte trägt. Und wir sind dann genau das, im Wortsinne: Alte Freunde. Was wäre das schön.

„Old friends. Sat on their parkbench like bookends. A newspaper, blown through the grass …" summe ich diesen wunderschönen Titel von Simon&Garfunkel, während das Bild in meinem Kopf dazu lebendig wird, und bewundere einmal mehr die zeitlose Poesie ihrer Texte und Lieder: Die Schönheit von Kunst.

Und, ach, Musik. Lohnt sich das Leben nicht allein dafür? *Preserve your memories. They're all that's left you.*

Und der Sohn? Nun, irgendwann gibt es sicher einen Hund. Oscar soll er heißen, nach Oscar Wilde, oder Arthur, weil das ein königlicher Name ist: Für einen schönen, eleganten Jagdhund.

Ich verliere mich in Träumen über die zukünftigen Freuden meines Lebens und bewundere einmal mehr, wie der Lauf der Jahreszeiten, das Wunder des Frühlings, jedes Jahr aufs Neue Hoffnung schürt, egal wie viel Grauen die Welt da draußen gerade gebiert, mit ihren Kriegen und Katastrophen. Wenn das Aufbäumen der sturmgepeitschten See plötzlich singt, anstatt grollend zu drohen. Wenn vom Untergang des alten Jahres nichts mehr zu spüren ist. Wenn Neues sich Bahn bricht, buten und binnen. Ja dann, stelle ich erleichtert fest, während mein Blick zu den persilweißen, kreisenden Möwen über den Dächern schweift, ja dann … denke ich nicht einmal mehr an dich.

Valentin

Es ist der 14. Februar 2016, Valentinstag. Die Insel hüllt sich bereits in lackschwarze Dunkelheit; von meiner Schreibtischlampe beleuchtet, glitzern Regentropfen an meiner Fensterscheibe wie kleine Diamanten.

Neben mir steht eine Flasche Irish Cider, noch ein Mitbringsel aus Berlin, wir haben hier ja weder Pub noch

Cider.

Aha, denkt sich womöglich der_die geneigte Leser_in, jetzt ist der also am Frustsaufen, und ahnt, was kommen möge: Kein Seemannssohn nirgends. Folgt jetzt die alljährliche Litanei der Übriggebliebenen, larmoyantes Suhlen im Liebesleid, das lyrisch-therapeutische Wundenlecken? Sie_er möge getrost weiterlesen: Dem ist nicht so. Denn tatsächlich bin ich dieses Jahr nicht im Geringsten frustriert, obwohl die Welt des Kommerzes natürlich seit Tagen mit nichts als dem Feiertag der Liebe nervt.

Mit Dingen in herzförmigen Schachteln und Geschenkideen, die so grauenvoll sind, dass sie zumindest für mich eher handfeste Scheidungsgründe liefern würden anstelle von Romantik.

Böse Zungen behaupten, dass dieser Tag überhaupt eine Erfindung der Werbeindustrie sei, aber tatsächlich gab es da wohl diesen heiligen Valentin von Terni, der einst am 14. Februar 269 n. Chr. in gänzlich unromatischer Hinsicht den Kopf verlor. Sein Vergehen: Entgegen kaiserlicher Anordnung Christen zu trauen. Dieses lebensgefährliche Engagement machte ihn letztlich zum Schutzpatron der Liebenden und zum Namensgeber des heutigen Tages. Was aus dem Tage wurde, also die fluoreszierenden Schwäne mit herzförmig zueinander geneigten Hälsen und kreischroten Plastikrosen, in die man nicht minder hässliche Ringe stecken kann, hat der Mann indes nicht zu verantworten. Wirklich nicht. Interessant ist in diesem Zusammenhang allerdings, dass der heilige Valentin von Terni auch bei Wahnsinn und Pest angerufen wird: Ich lasse das einmal unkommentiert.

Ferner erinnere ich, dass ich als junger Mensch oftmals heilfroh war, dass der Valentinstag in meiner Jugend noch keinerlei Bedeutung in Deutschland hatte, weil diese „Tradition" erst Ende der Neunziger aus den USA zu uns und in die Blumen- und Juwelierläden schwappte. Denn wie anders wurde es mir bei der Lektüre amerikanischer Jugendromane angesichts dieses jährlichen, amourösen Wettrüstens! Ein wochenlanger Wettbewerb der Schönen und Guten: Wer wieviele Karten bekommen hatte und von wem, und wieviele Einladungen und wem man nicht alles abgesagt hatte, weil man der beliebteste Mensch von der ganzen verdammten Highschool war und sich alle um einen rissen.

Und dann gab es die, die Jahr um Jahr gar nichts bekamen und wahrscheinlich, angesichts der jährlich wiederkehrenden Demütigung, in teenagertypischem Fatalismus, gern mit dem heiligen Valentin von Terni an diesem Tage getauscht hätten.

Ich muss mich nicht intensiv zurückerinnern, um zu wissen, auf welcher Seite ich als amerikanischer Teenie gestanden (oder wohl besser: vor Schmach gekrümmt gelegen) hätte: Ein dünner, bleicher Einserschüler mit Pickeln, Zahnspange und Brille.

Nein, es war schon sehr gut, dass Valentinstag hier erst ein Ding wurde, als ich mich schon in einer festen Beziehung befand und die postpubertäre Metamorphose zu einem gesellschaftlich als optisch annehmbar klassifizierten Lebewesen durchlaufen hatte.

Und damit kamen dann die Pflichtblumensträße und -geschenke; das Essengehenmüssen am Abend, weil: Valentinstag. Und irgendwie war das dann wie Weihnachten, wo sich auch alle auf einen Schlag lieb haben müssen: Funktionierte selten, selbst wenn man den Menschen an seiner Seite ansonsten durchaus liebte.

Dann kamen die Jahre des tatsächlichen oder gefühlten Alleinseins. Die Jahre, in denen ich nicht einmal mich selbst hatte, und deshalb tatsächlich unter dem Fehlen eines *significant other* litt. Jahre, in denen ich am 14. Februar abends oft gern essen gegangen wäre, bis mir einfiel: Geht nicht, weil: Valentinstag. Das Gleiche galt für Spa- und Hotelaufenthalte. Auch als zufriedener Single hat man an diesem Datum doch eher die Furcht zu stören oder zu viel unfreiwillige Beachtung zu erfahren, vulgo: Misstrauen und Mitleid im Sinne von: Irgendwas wird mit dem schon nicht stimmen.

Überhaupt, allein diese Frage: Warum bist du Single? — Erfahrungsgemäß ausschließlich gestellt von Menschen in Beziehungen.

Ach, bitte. Wer kann das denn schon beantworten? Weil ich scheiße aussehe, Menschen hasse, mies im Bett bin und außerdem das Wort Treue gerade einmal buchstabieren kann? Weil ich froh bin, dass ich mir gerade selber nicht auf den Sack gehe? Weil ich nach gefühlten 800 Stunden Arbeit froh bin, auch nur alleine aufs Klo zu können? Weil ich asexuell veranlagt bin oder objektophil? Weil ich keinen nörgelnden Alten auf der Hütte will, der mir mein ausgetüfteltes Interiour-Konzept mit seiner mitgebrachten, hässlichen Stehlampe versaut? Weil Beziehung auch „Schwiegereltern" bedeutet? Ich kann mir niemanden vorstellen, der da wirklich ehrlich ist. — Und selbst wenn, wem nützte es?

Was mich betrifft, so kann ich nur sagen, dass die Männer immer dann in mein Leben traten, wenn ich eigentlich gerade überhaupt niemanden mehr lieben wollte.

Heute ficht mich das alles nicht an. Ich kann Bilder meiner verliebten Freunde sehen und mich von Herzen für sie freuen. Ich kann mir Bilder von dir ansehen, ohne zu leiden. Ich erinnere mich, dass wir uns am Valentinstag nur gegenseitig darin bekräftigten, mit dem ganzen Scheiß nichts am Hut zu haben, um dann genüßlich Dinge zu tun, die wir auch sonst taten. Und so liefe das wohl auch heute, zumal der Valentinstag auch noch auf einen Sonntag fällt: Du würdest den Tatort ansehen und rauchen; ich säße nebenan mit einem Pint Cider und schriebe. Du wärst auch den Rest des Jahres kein Freund großer Sentimentalitäten, und ich wäre auch den Rest des Jahres hoffnungslos romantisch.

Ich verlasse die Wohnung für einen kurzen Spaziergang. In den Restaurants sitzen Paare bei einem der vielen Valentinstagsmenüs. Einige von ihnen sehen glücklich aus. Andere nicht.

Also alles wie immer, denke ich, und kraule den herangetrödelten Hund des Nachbarn zwischen den Ohren.

Nach einem Klönschnack gehe ich wieder heim. Dort wartest nicht du. Aber so viel anderes, das ich liebe und für das ich dankbar bin: An jedem Tag.

Elend

Die Luft ist schon mild, aber die seit Tagen an Mensch und Haus zerrenden Sturmböen gehen mir langsam auf die Nerven. Waagerecht fliegender Regen sprüht in meine Ohren und als kaltfeuchte Salve direkt aufs Trommelfell; ein ekelhaftes Gefühl. Ich schüttele fröstelnd den Kopf, um das Wasser im Gehörgang zu verteilen. In der Ferne brüllt die See wie ein verwundetes Tier. Nur schnell wieder heim, denke ich, und offenbar sieht das halb Langeoog genauso. Kaum jemand ist unterwegs; ein paar frustrierte Touristen lehnen sich gegen den Wind, unterwegs von A nach B. Die anderen sitzen in den Cafés. In einer Ferienwohnung schreit jemand seine vor Langeweile quengelnden Kinder an. Handwerker strampeln sich auf ihren Rädern ab, in den angekoppelten Wippen Werkzeug und festgezurrte Leitern.
Zum Glück habe ich heute frei, denke ich, die Arbeiter mitleidig betrachtend. Aber morgen werde ich wieder vom Firmen-Büro aus Leuten ihren Sommerurlaub verkaufen, die nach Terrassen in Südlage fragen und dem kürzesten Weg zum Strand. Wie weit entfernt scheint noch dieses sommerliche Langeoog! Und dennoch: Juli und August sind schon jetzt beinahe ausgebucht.

Daheim verschanze ich mich im warmen Arbeitszimmer.

Es ist der 21. Februar 2016.

Mein Vater schreibt: Heute vor 100 Jahren begann der deutsche Angriff auf Verdun, Artilleriefeuer seit 7:15 morgens aus 1200 Geschützen, bis 17 Uhr nachmittags. Der Beginn unfassbaren Leids. Der Beginn unfassbar sinnlosen Mordens. Der Beginn industrieller Vernichtung von Leben für irgendeine absurde Idee von Macht. Es ist ein bisschen eigenartig, dass ein 1942 geborener Mann von der Gnade der späten Geburt erzählt, obwohl doch bei seiner Geburt Fliegeralarm durch ein in Trümmern liegendes Gelsenkirchen heulte; noch volle 3 Jahre lang. Aber damals war er ja tatsächlich noch zu klein, um das Grauen zu begreifen — inwiefern die Generation meines Vaters oder sogar meine noch von den Kriegstraumata der Eltern und Großeltern geprägt wird, steht natürlich auf einem anderen Blatt.

Jedenfalls beschränkt sich die Militärerfahrung meines Vaters, Gott sei es gedankt, letztlich auf Panzerfahren in Schwanewede und Wales zu Friedenszeiten und meine auf das Anschmachten schöner Matrosen in Uniform. Dennoch interessieren wir uns für Kriege und ihre Geschichte; für die morbide Ästhetik von Soldatenfriedhöfen, die demütig stimmende und gleichzeitig majestätische Architektur von Ehrenmälern. Und natürlich interessiert uns die damit verbundene Geschichte unserer Vorfahren. Heute also Verdun.

Von unseren Verwandten starb dort niemand; die wurden 1916 auf anderen Schlachtfeldern erschossen oder gingen mit Schiffen unter. Auch die Skagerrakschlacht jährt sich dieses Jahr zum hundertsten Male und mit ihr der Tod des Schriftstellers Gorch Fock, der am 1. Juni 1916 um vier Uhr morgens mit dem Kleinen Kreuzer SMS Wiesbaden versank.

Nun schiebe ich mich im Sauwetter eines 21. Februar durch die verlassenen Straßen eines ostfriesischen Inseldorfes und denke 100 Jahre zurück, als das Wetter noch das geringste Problem der Menschen war. Als man sich nicht vor dem Regen in ein warmes Zuhause retten konnte, sondern bis zum Bauch im kalten Schlamm eines von Verwesungsgestank durchwaberten Schützengrabens stand, während neben einem Ratten an den toten Kameraden nagten. An 15- oder 16jährigen Jungs, die heute in beheizten Wohnzimmern vor der Playstation hängen würden. An jungen Männern, wie jenen, die heute Verachtung und Hass über andere junge Männer schütten, die vor dem Krieg fliehen, vor dem sinnlosem Morden. Vor dem sinnlosem Leid aufgrund irgendeiner absurden Ideologie.

Ich denke an den kommenden ersten Juni und daran, wie vielen Müttern ich bis dahin noch beibringen muss, dass ich keine Ferienwohnung mehr frei habe, egal wie sehr sich ihre Kinder schon auf den Strand gefreut haben. Dann denke ich an den ersten Juni vor 100 Jahren und an den Marinepfarrer, der so vielen Müttern beibringen musste, dass ihr Kind angespült wurde an irgendeinem

Strand, oder vielleicht auch nur seine Matrosenmütze, die blauen Bänder verheddert im Tang, und auf dem ehemals weißen, jetzt schlamm- und blutbefleckten Schild, steht „SMS Wiesbaden" oder „SMS Rostock" in goldenen Buchstaben.

Erleichtert aufatmen möchte ich darüber, dass es uns doch heute so gottverdammt gut geht mit all unseren Luxusproblemen in all unserem Frieden und Wohlstand, bis mir dämmert, dass auch heute noch Kinder tot an Stränden angespült werden. Dass weinende Väter ihre Babies durch Stacheldrahtzäune reichen, um wenigstens einem von ihnen ein Leben ohne Krieg zu ermöglichen. Väter, die statt einer Heimat nur noch ein staubiges, zertrümmertes Nichts haben, während auf den Ruinen irgendwelche Wahnsinnigen mit ihren hässlichen, schwarzen Fahnen triumphieren.

Dass immer noch Menschen so leiden, in einer Generation, die den Krieg eigentlich nur noch aus Geschichtsbüchern kennen sollte oder schlimmstenfalls noch aus Erzählungen der Großeltern.

Warum lernt die Welt nichts, möchte man schreien, warum muss man auch 100 Jahre später noch solche Bilder ertragen, warum bekommt man Bilder von Enthauptungen, die man bis vor Kurzem nur als Gemälde von der französischen Revolution kannte, auf einmal ungefragt in Farbe und als Foto vor den Latz geknallt, von einer Hinrichtungsart, die eigentlich vor der Erfindung der Fotografie schon längst hätte ausgerottet sein sollen? Warum werden Jungs, die sogar meine Kinder sein könnten, von Hochhäusern geworfen, weil sie schwul sind, warum hacken Männer, die so alt sind wie ich, weißbärtigen Männern den Kopf ab, die ihre eigenen Väter sein könnten? Und warum zünden hier, im vermeintlich sicheren Deutschland, Menschen, die im Alltag harmlos lächelnde Sparkassenberater oder Pensionswirtin sind, Unterkünfte von Menschen an, die vor genau diesem Albtraum abhauen, nur weil vielleicht ein paar bösartige Maulwürfe darunter sein könnten? Warum fordern Menschen aus einem Teil Deutschlands, in dem bis 1989 Flüchtende erschossen wurden, dass man Flüchtende wieder erschießen darf? Warum wird ein zweistelliger Prozentsatz von Menschen in Deutschland wieder eine Partei wählen, die, als nur eine von vielen menschenverachtenden Sauereien, Homosexuelle zählen lassen will? Ich werde wahnsinnig vom Nachdenken über diese Dinge, und darüber, dass ich als 1976 Geborener überhaupt noch darüber nachdenken muss. Und dann sehe ich aus dem Fenster und die Insel liegt vor mir in all der Unschuld ihres idyllischen Hier und Jetzt, obwohl natürlich auch unser Langeoog dunkle Flecken im Geschichtsbuch hat: Zerschundene Kriegsgefangene und bösartige Faschisten gab es auch hier.

Aber jetzt ist es ruhig. Draußen spricht keine Menschenseele. Der Fahnenmast, an dem keine Flagge mehr weht, singt leise im Wind. Niemand marschiert. Niemand, der schreit. Keine Eltern, die trauern. Im Nachbargarten blühen dicke Bündel von Schneeglöckchen; deren Weiß strahlend und unbesudelt.

Nur das Meer brüllt vor Schmerz um all die Seelen.

Stern

Neumondnächte sind auf Langeoog wirklich stockfinster. Nichts erkennt man, wenn man dann draußen ohne Taschenlampe unterwegs ist; vielleicht gerade einmal den Umriss eines kleinen Strauches, der aber genauso gut eine sitzende Katze sein könnte oder ein Maulwurfshügel. Vielleicht huscht beim Passieren einer der wenigen Straßenlaternen der eigene Schatten an einem vorbei. Aber jenseits der Straßenlaternen ist nichts mehr. Zumindest nicht, wenn man den Blick zu Boden richtet. Denn hebt man den Kopf, sieht man die Sterne.

In Neumondnächten stiehlt hier niemand den Sternen die Show. Und so sieht man gefühlt jeden einzelnen von ihnen, obwohl es Allgemeinbildung ist, dass niemals jemand alle Sterne zählen können wird. Dennoch scheinen die Sterne in solchen Nächten fast alle zum Greifen nah, ganz so, als könne man mit einem Korb herumgehen, um sie einzusammeln, und mit ihnen die Unendlichkeit. Es ist atemberaubend schön.

Die Straße vor meinem Haus ist nicht eben, und wenn man darauf läuft und gleichzeitig nach den Sternen schaut, ist es fast, als sei man betrunken, weil man mit jedem Schritt in eine Bodenwelle ein bisschen schwankt, und die Sterne sich dann bewegen, aber es ist egal, weil man weiß, dass man so oder so berauscht heimkehren wird: Berauscht von all dieser Pracht.

Als erstes entdecke ich den Oriongürtel, den großen und den kleinen Wagen, dann die Venus. Dazwischen blinkt ein Flugzeug. Ich kenne nicht viele Sternbilder, obwohl mich Sterne interessieren, aber irgendwie sind Sterne für mich wie mathematische Gleichungen, Konzertnoten oder die Baupläne von komplexen Maschinen: Sie faszinieren mich und verwirren mich zugleich. Ich ahne all die Ordnung hinter dem Chaos, das nur scheinbar Zufällige, die große Bedeutung kleinster Details für die Stabilität und Harmonie des Gesamtgefüges — aber ich wäre nie in der Lage, sie zu entschlüsseln. Dennoch komme ich nicht umhin, sie anzustarren, die schönen Unbekannten.

Ich erinnere, dass mir mein Vater als Kind ein paar Sternbilder erklärte; er wusste ja auch viel über Mythologie und die Legenden hinter ihren Namen. Ich sog das auf wie ein Schwamm. Wir waren auch ein paar Mal im Planetarium, ich liebe das Planetarium, aber besonders gern erinnere ich doch die paar Momente mit meinem Vater und seinem alten, grün-schwarzen Fernglas in der Dachluke meines Elternhauses. Das Fernglas, das schon mit ihm in Afrika war und an anderen Orten, die ich nur aus meinen Bilderbüchern kannte. Manchmal, wenn ich damit spielte, meinte ich, noch immer die Giraffen, Nilpferde und Löwen dadurch sehen zu können, wie sie sich aalen unter mächtigen Schirmakazien und baden in schlammigen Wasserlöchern. „Das sind faule Viecher", sagte mein Vater über die Löwen, und ich fand das immer lustig, weil ich so keine Angst vor Löwen zu haben brauchte, außer während der einzigen Stunde am Tag vielleicht, in der selbst die „faulen Viecher" den Arsch hochkriegten, um zu jagen: Und dann sind es meist nur die Löwinnen. Die männlichen Tiere lenzen weiter.

Ach, Afrika. Wie gerne würde ich auch einmal dort hin und all diese Tiere sehen, wenn nur nicht mittlerweile überall Krieg dort wäre oder Diktatur.

Reisen ist generell wichtig, denke ich. Davon hat man sein Leben lang was. Die Erde ist winzig; das weiß man, wenn man einmal im Planetarium war, ein winziger Stern von unfassbar vielen. Und man selbst? Marginalie. Der Nachhall einer Marginalie. Und noch viel weniger. Dennoch lohnt auch er sich, der blaue Planet.

Zunächst einmal aber reise ich weiter mit Blicken durch das nächtliche Universum, und ich wünschte, ich hätte wieder jemanden bei mir, der mir mit ausgestrecktem Arm all das Unbekannte vertraut macht: Schau, das da ist der Oriongürtel und dort ist der Abendstern, die Venus. Und wenn ich als Kind den Stern dann trotzdem nicht fand, nahm mein Vater meinen Arm und zeigte mit meiner eigenen Hand darauf, bis auch ich ihn sah und sich das Leuchten des Sternes in meinen Augen spiegelte. Wie könnte ich das vergessen?

Es gab eine Zeit, als Lernen schön war. Als Lernen bedeutete, klug zu werden. Als Lernen bedeutete, Dinge zu verstehen, die einen interessierten. Als Lernen noch nicht Schule bedeutete und frühes Aufstehen und Zwang und Quälereien. Schön wurde das Lernen erst wieder auf der Universität: Als man da lernen konnte, wo man wollte und mit wem man wollte. Als sich das Lernen wieder lohnte. Als einem gute Noten wieder Respekt einbrachten statt Klassenkeile.

Ich scheuche die Erinnerungsfetzen an die verhasste Schulzeit aus meinen Gedanken wie eine eklige Stubenfliege: Der Himmel ist zu schön dafür heute Nacht.

Der Fokus richtet sich auf die Ewigkeit: Immer weiter navigiere ich meine Blicke durch den Ozean in mir und über mir und bin stolz auf all die umschifften Klippen, die Untiefen, die überhörten Gesänge der Sirenen. Es gab so viele Stürme und Flauten. Aber niemals brauchte ich Angst haben, denn im Grunde hatte ich immer das Richtige dabei: Hammer, Nägel, Planken. Ohropax und Landkarten. Sextanten, Bücher und Matrosen. Humor, Hoffnung und Gott. Die Sterne, natürlich. Und irgendwann auch einen Seemannssohn. Du bist weit weg heute Nacht.

Nicht noch einmal zu früh jubilieren möchte ich und behaupten, dass ich dich nicht mehr liebte. Aber es tut nicht mehr weh, dass du fort bist. Man sagt, es sei ein biochemischer Prozess: Nach eineinhalb Jahren ohne jeden Kontakt zu einem geliebten Menschen höre das Begehren auf. Immer. Irgendeine hormonelle Sache sei das, eben Biochemie: Pure Romantik also.

Die eineinhalb Jahre sind jetzt um. Fast zwei sind es sogar, im April. Ich sah dich nie wieder. Diese Ewigkeit fühlt sich seltsam an. Manchmal sehe ich noch Fotos von dir, bei Freunden. Ich sehe dich an und weiß, dass ich dieses Gesicht einst berührte, aber es berührt mich nicht mehr. Nicht so wie früher. Vielleicht ist das jetzt endlich die Heilung, denke ich. Vielleicht bin ich jetzt wirklich frei auf meiner Insel.

Ich sehe ein letztes Mal zum Himmel und stelle mir vor, dass du einer von diesen Sternen bist. Ich picke mir einen heraus, der klein ist und trotzdem heller strahlt als viele andere. Er steht allein vor einer Gruppe anderer Sterne, als seien diese sein Publikum, und liegt im Nordosten wie das Meer, an dem du geboren wurdest.

Du bist auch als Stern schön, denke ich, und ich sehe gerne hin. Aber ich weiß, dass der Stern kalt ist und in irgendeiner fernen Galaxie. Ich spreche seine Sprache nicht und könnte nicht leben in seiner Welt. Ich könnte nicht atmen in seiner Luft und er könnte nicht schwimmen in meinen Meeren. Und außerdem, denke ich, während ich mich, der Nachtkälte geschuldet, noch enger in meinen Marinemantel wickele, gibt es ja noch so viele andere: Das ist das Wunderbare an der Unendlichkeit.

Wilhelmshaven

Die Nordsee ist ein Teich. Nicht das kleinste Wellenspiel ist auf der grauen, glatten Wasseroberfläche zu erkennen, als die Fähre sich ihren Weg hinüber zum Festland bahnt. Widerstandslos teilt ihr Bug das Wasser; selbst die durch die Fahrt erzeugte Dünung legt sich sofort wieder. Es ist eine sagenhaft langweilige Überfahrt. Ich erinnere, dass ein Freund mir die Tage schrieb, dass er mich gern besuchen würde, ihn aber die Angst vor Übelkeit auf dem Schiff davon abhielte. Lieber Freund, schrieb ich zurück: Langeoog ist nicht Helgoland. Und mir selbst wird von jeder Busfahrt schlechter.

Die Busfahrt wiederum blüht mir als nächstes, dann eine Stunde Nordwestbahn, dann: Wilhelmshaven. Auch diese Strecke ist inzwischen vertraut, die Reise zur Stadt an der Jade, die nicht hübsch ist, aber Herz hat — so ähnlich wie die Städte im Ruhrgebiet, aus dem ein Teil meiner Familie stammt. Vor allem aber ist Wilhelmshaven, wie Flensburg, eine Stadt mit Marinestützpunkt und daher für mich von besonderem Interesse.

Die Gorch Fock fehlt mir sehr, als ich über die Deichbrücke zum gewohnten Hotel laufe; beim letzten Besuch lag sie hier noch am Bontekai. Die Museumsschiffe, die immer dort liegen, wirken ohne das prachtvolle Segelschulschiff dazwischen heute so glamourös wie ein Plastikteller voll Erbseneintopf neben einer Silberplatte voll Hummer; und auch der immer wieder elegante Anblick der Kaiser-Wilhelm-Brücke mit dem eindrucksvollen Zerstörer Mölders dahinter tröstet mich nicht darüber hinweg, dass die berühmten drei Masten der Gorch Fock nicht mehr in den Wilhelmshavener Himmel ragen.

Im Hotel angekommen, recherchiere ich gleich bei marinetraffic.com, wo sich mein Lieblingsschiff wohl gerade herumtreibt, und bin überrascht, dass sich tatsächlich auch ein Schiff der Deutschen Marine darüber orten lässt — schließlich hat die Gorch Fock zwar keine Geschütze, aber doch einen Haufen Soldat_innen an Bord. Im Moment sind es aber ohnehin wohl eher Schiffsmechaniker_innen, denn laut des Online-Tracking-Tools liegt sie noch in der Elsflether Werft; umgeben von Orten mit so wenig glanzvollen Namen wie „Käseburg", „Oberhammelwarden" und „Ranzenbüttel".

Das Hafenbecken des Jade-Weser-Ports liegt ebenso grau, glatt und unbewegt vor mir wie die heimatliche Nordsee, als ich mir abends meinen Weg zum Marinemuseum bahne. Nur die Möwen sind unruhig und ihre Schreie hallen weit durch die Dunkelheit. Irgendwo am Kai ist Aufruhr; vermutlich füttert dort jemand, was man bei Möwen aber ebenso unterlassen sollte wie bei Wölfen, weil man so nur aggressives und aufdringliches Verhalten bei den Tieren heranzüchtet.

Auf Langeoog ist das Sommers (bei den Möwen) gut zu beobachten: Heulende Kinder, aus den Händen gerissene Eishörnchen und Fischbrötchen sowie blutende Hände und Kopfhäute von den scharfen Vogelkrallen sind die Folge. Auch ich musste einmal dergestalt dran glauben, in Warnemünde: Aber immerhin verteidigte ich damals mein Krabbenbrötchen erfolgreich um den Preis eines aufgerissenen Ohrläppchens.

Auf meiner Seite des Hafenbeckens, am Südstrand,

begegnet mir bis zur Ankunft auf dem Museumsareal keine Menschenseele. Ich bin beeindruckt, wie gut die graue Tarnfarbe der als Kriegsschiff längt pensionierten Fregatte Mölders und des davor verankerten Museums-Minenjagdbootes Weilheim bei Nacht funktioniert: Ich weiß, dass diese gigantischen Kampfeisen dort liegen, aber ich sehe sie nicht. Hinter der Kontur des ebenfalls zu Besichtigungszwecken a.D. gestellten U-Bootes scheint das Hafenbecken ohne genaueres Hinsehen leer: Beeindruckend und furchteinflößend zugleich.

Der kleine Vortragssaal des Museums füllt sich. Wie zu erwarten war, kommen fast nur ältere Männer; jünger als ich scheint lediglich der einzige Uniformierte zu sein: Den Ärmelabzeichen nach ein Fregattenkapitän. Immerhin der hat seine Ehefrau im Schlepptau, so wie auch ein, zwei andere Gäste. Die in Zivil gekleideten Männer tragen alle Sakko und Hemd; die Frauen haben sich in hanseatischer Eleganz zurechtgemacht. Auch ich habe vorausschauend einen Anzug angezogen; am Revers die schöne, neue Mitgliedsnadel des Deutschen Marinebundes, dessen Geldmangel zu Folge hat, dass dort seit einigen Jahren auch seeuntaugliche Landratten wie ich eintreten dürfen, zu meinem Wohlgefallen.
Durch den Marinebund erfuhr ich wiederum von der heutigen Veranstaltung: *Als Marinemaler an Bord der Gorch Fock* — Für so ein tolles Thema, dachte ich, kann man schonmal seine Insel verlassen. Ich sollte Recht behalten. Die Mobiltelefone werden ausgeschaltet. Der Fregatten-

kapitän sitzt schräg vor mir, deshalb kann ich seines sehen. Auf dem Display seines Telefons hat er ein Foto von seinem Kind. Auf meinem ist ein Bild der Gorch Fock.

Nun betritt der Maler das Podest. Ein kleiner Mann, der trotz seiner ergrauenden Haare jungenhaft wirkt und ebenso lebhaft wie unterhaltsam erzählt. Seine während einer Ausbildungsfahrt der Gorch Fock entstandenen Skizzen, welche er, zusammen mit Fotos des Schiffes und der angelaufenen Häfen, auf einer Leinwand zeigt, sind fabelhaft. Angesichts seines sensationellen Auges für Perspektive, Farben und technische Details schwöre ich mir, nie wieder einen Zeichenstift anzufassen — oder mich zumindest niemals am Sujet „Schiff" zu versuchen.

Das Publikum raunt; viele der älteren Herren um mich herum fuhren offenkundig selbst zur See, und ebenso offenkundig können sie mit ihren eigenen Anekdoten nicht bis zum Ende der Vortrages warten. Trotz aller Nachsicht bezügliches des fortgeschrittenen Alters der Herrschaften und der wahrscheinlich damit einhergehenden Schwerhörigkeit finde ich dieses laute Getuschel unhöflich und bemühe mich, dem Maler deswegen besonders gut zuzuhören. Auch das lohnt sich: Ich verlasse das Museum mit einem signierten Buch und allerhand neuem seemännischem Vokabular.

Die ebenerdige Hotelbar ist gut gefüllt, als ich zurückkehre. Vor dem großen Panoramafenster spiegeln sich die Lichter des Hafens im Wasser. Ich ziehe mich in eine der Polsterecken zurück und bestelle einen Gin Fizz mit dem Gin, der so ähnlich heißt wie du. Ich sollte das nicht, denke ich, andere Gin-Destillerien haben auch leckere Erzeugnisse, aber er schmeckt mir mit seinem dezenten Rosenduft nunmal am besten und außerdem habe ich so einen Grund, noch einmal deinen Namen zu sagen, wenigstens einen.

Mit dem Getränk blättere ich in meinem neuen Buch und lasse den inspirierenden Abend Revue passieren.

Schräg gegenüber sitzt ein Mann mit Modelfigur und schönen Haaren und mustert mich. Ich sehe rüber und er lächelt in sehr unmissverständlicher Weise. Aha, denke ich: Willkommen im Club, nicht ungeschmeichelt angesichts dieses wirklich nicht unattraktiven Herrn.

Als ich gehe, muss ich an ihm vorbei. Er hat große graue Augen und dichtes, dunkelblondes Haar. „Schönen Abend" wünscht er mir mit einem strahlenden Lächeln, und ich murmele irgendwas Verschüchtertes, bevor ich verschwinde.

Bereits im Aufzug beiße ich mir dafür in den Arsch. Wie blöd bin ich eigentlich? Ein Mann, der gut aussieht und offenkundig Kultur besitzt. Der so offensichtlich auf Männer steht, dass man dafür seinen Gaydar nicht einmal anzuschalten braucht. Der mich kleinen, spießigen, alten Sack obendrein attraktiv findet. Warum kann ich nicht einfach mit so jemandem flirten? Als ob du etwas anderes tätest!

Das ist der Grund, wofür Gott Matrosen erschaffen hat! würde Georgette Dee in ihrem Lied *Wenn Deine Küsse* jetzt schimpfen, und zwar zu Recht.

Vorbei: Ein Strich mehr auf der Liste verpasster Annäherungs-Gelegenheiten, die, mit einem Senkblei beschwert, bei mir schon bis zum Grunde des Marianengrabens reichen müsste.

Ich lege mich in die Wanne und träume in duftenden Schaumbergen von sternenklaren Nächten und weißen Segeln.

Aus schaum- und ginseligem Dösen weckt mich die berühmte „Harfe", der Nachrichteneingangston eines berüchtigten Datingportals, in Fachkreisen auch „schwules Einwohnermeldeamt" genannt. Man kann dort außer Nachrichten auch Symbole mit Attraktivitätsbekundungen oder diversem Schweinkram verschicken, die sogenannten „Tapsen". Ich erhalte den Taps „Geile Sau". Absender ist der Herr aus der Bar, der, wie zu erwarten war, in der Nähe nächtigt.

Ich tappse ein „Hübsches Gesicht" zurück. Die folgende Nachricht ist der traditionelle Ausbund schwuler Online-Dating-Romantik: „Bock?"

Männer unter sich sind in Liebesdingen ja gern einmal etwas rustikaler (oder, sagen wir: zeitökonomischer) unterwegs, übersetzt für heterosexuelle Leser_innen ginge die Konversation also in etwa so: „Hey, coole Jacke. Öfter hier? Und sonst so? (Stunden später) Sollen wir noch einen Kaffee zusammen trinken?"

Was für eine Zeitverschwendung, denke ich rückblickend, und muss lachen.

Tatsächlich liege ich alter Mann zu diesem Zeitpunkt aber schon im Halbschlaf ohne nennenswerte erotische

Ambitionen im Bett und sage dem interessierten Herrn deshalb so Ego-schonend wie möglich ab.

Beim Frühstück sehe ich ihn wieder. Er sieht wirklich fatal gut aus, selbst wenn sein Online-Alter von 28 vermutlich seit einigen Jahren nicht aktualisiert wurde. Wir grinsen uns vielsagend über dem warmen Buffet (ausgerechnet) an und wenden uns dann errötend wieder dem Tagesgeschäft zu: Der Bock eines Handelsreisenden.

Ich frage mich, ob ich etwas bedauern sollte, aber manchmal ist es schon gut genug fürs Ego, nur zu wissen, dass man könnte. Dass man auch mit fast 40 noch nicht tot für den Markt ist. Und dass es noch Männer gibt, die mich wahrnehmen. Dass es Männer gibt außer dir. Es wird besser.

Über den Häusern am Südstrand verlaufen die farbenprächtigen Reste eines imposanten Sonnenaufgangs. Ich breche auf zum letzten Stadtspaziergang. Es weht auch heute kein Wind, aber noch immer ist es empfindlich kalt. Es ist so ein wunderschönes Blau, denke ich, als ich die farbig gestrichenen Streben der K.W.-Brücke betrachte, und frage mich, warum bei Brücken eigentlich immer Rot als jene Farbe gilt, die am ehesten Menschen vom Suizid abhält. Liegt denn nicht in so einem beruhigenden, Hoffnung schürenden Blau wie dem der Kaiser-Wilhelm-Brücke viel mehr Antidepressivum als in einem aggressiven, schlimmstenfalls noch aktivierenden, Rot? Ich lasse das Thema fallen. Mit dem Tod haben sich schließlich auch die Besatzungen der Grauschiffe unter mir zur Genüge befassen müssen, und ich will nicht an diese Schiffe als Waffen denken müssen, als etwas Leidbringendes, selbst wenn die Fregatten der Deutschen Marine aktuell im Mittelmeer sehr viel zur Rettung von Menschenleben beitragen. Dennoch sind und bleiben es Kriegsschiffe.

„Das sind ja keine romantischen Schiffe" höre ich dich noch sagen, und einmal mehr wundere ich mich, mit welchen Sätzen sich Menschen in unserer Erinnerung so verewigen. Du hast viele schöne Sätze gesagt; zweifelsohne bist du ja ein kluger, belesener Mann, mit dem sich meistens gut reden ließ. Warum also, frage ich mich, während ich meine klammen Finger an einem Becher Kaffee im Museumscafé auf der anderen Seite der Brücke wärme, bleibt mir von dir ausgerechnet dieser Satz? Vermutlich, weil er eine Weichheit beinhaltet, die du ansonsten gut zu verbergen wusstest — als Sohn eines Kapitäns, der auf ebensolchen Schiffen fuhr. Ich erinnere das Kinderbild, welches ich gestern auf dem Display des Mobiltelefons in der Hand des jungen Fregattenkapitäns sah, und stelle mir vor, wie er auf See das Bild ansieht und sein Kind vermisst.

Es hat zu regnen begonnen. Mölders und Weilheim werden wegen der Rutschgefahr für Besucher gesperrt; ein Angestellter spannt ein Absperrseil vor die Stelling. Einsam liegen die grauen Kriegsschiffrenter nun vor Anker, während das Regenwasser von Ketten und Tampen tropft.

Möglicherweise, denke ich, sind diese Schiffe wirklich nicht sehr romantisch. Möglicherweise ist es das ganze Leben auf See nicht, ebenso wenig wie das an Land. Aber es lohnt sich.

Vierzig

Wenige Minuten vor meinem vierzigsten Geburtstag scrolle ich durch die Zeitung, um zu sehen, mit welchen historischen Ereignissen mich das verbinden wird.

Ein 13jähriger wurde ermordet, die Frisur von Donald Trump ist beschissen, ein Kutter sank vor Fehmarn, irgendeine Sportlerin hat gedopt, der BER macht auch 2017 nicht auf, Dörfer im Osten verwaisen, die Rechten erreichen abartige Umfragewerte, in Syrien ist Krieg, Menschen flüchten, das Wetter bliebt wechselhaft, das Tier des Tages ist ein niedlicher Polarfuchs. Nicht viel Neues also; beruhigend indes die Gewissheit, dass ich über die Nicht-Eröffnung des BER auch in 10 Jahren noch Witze machen kann, also zu meinem Fünfzigsten.

Irgendwann kaufte ich meinem Vater in einem Archiv mal eine Zeitung vom Tag seiner Geburt; 1942 war das natürlich noch arg kontrollierte Presse, es gab dennoch einige Nachrichten vom Krieg, das Ende zwischen den Zeilen, daneben Haushaltsauflösungen, Vermisstenanzeigen und natürlich das Wetter, obwohl ich mich frage, ob es 1942 tatsächlich Menschen gab, die sich trotz Bombenhagel auch noch für meteorologischen Hagel interessierten.

„Als ich 40 wurde, hatte ich schon keine Eltern mehr", erzählt mein Vater beim Essen. Meine Mutter war 7, als ihr Vater starb, und ich weiß, dass es ein Privileg ist, wenn man noch Vertreter_innen mehrerer Generationen an einen Tisch bekommt; vielen ist das nicht gegeben, und auch ich werde die Linie nicht fortsetzen.

„Erinnerst du dich noch an deinen Vater", frage ich meine Mutter, „wie er redete, oder ging?" „Nein", sagt sie, „aber ich erinnere die Musik".

Mein Großvater war Berufsmusiker; er spielte Akkordeon. Damals konnte man in Norddeutschland noch eine Familie ernähren, indem man von Hafen zu Hafen tingelte und dort die Menschen mit seiner Musik bewegte, unterhielt und erfreute. Bis hoch nach Flensburg habe er gespielt, „so ziemlich überall an der Küste". Ach, denke ich, und frage mich, welche deiner Vorfahren sich wohl zur Musik meines Opas gefunden, versöhnt oder zerstritten haben, klein, wie die Welt bekanntlich ist. Ich frage mich, zu welchen Seereisen tags später aufgebrochen wurde, als die Musik verklungen war und in der Hafenkneipe bereits die Hocker auf den Tischen standen, und von welchen man zurückkehrte, als der Wirt sie wieder herunternahm. Wen man beweinte. Wen man willkommen hieß. Wer nicht mehr heimkam. Vielleicht gab es dann traurige Lieder, zu denen jemand sang, so schön wie du. Und mein Opa spielte Akkordeon.

Mein Telefon fiept und klingelt, erste Glückwünsche trudeln wohl ein, aber mir ist nicht danach, also schaue ich nicht hin. Nie ist mir danach, dabei ist sie doch eigentlich wirklich irrelevant, diese Zäsur im Jahr. Eigentlich erinnere ich auch nur wenige Geburtstage. Es gibt ein Kinderbild von meinem Fünften. Ich sitze allein an einer leeren Tafel und sehe sehr verheult aus, weil meine Mutter einen sehr niedlichen Biene-Maja-Kuchen gebacken und verziert hatte, und ich nicht wollte, dass man den anschnitt. Auf dem Bild indes war es aber schon geschehen; der Maja war ein Fuß amputiert und ich gucke grau und traurig; die geschundene Biene aber lacht immer noch mit ihrem Zuckerschriftgesicht und den Haaren aus Himbeerbonbons. Später sollten noch andere Kinder dazukommen, welche meine Maja dann zur Gänze auffraßen und anschließend in den Garten kotzten, wo sie zuvor durch meine Schneeglöcken getrampelt waren. Ich glaube, ich mochte Geburtstage nie besonders.

Dieser hier bringt mir immerhin die Eltern noch einmal her, und so soll er mir Recht sein, selbst wenn mir die Zahl nicht behagt. Geht es denn mit Vierzig nicht schon viel zu sehr ums Sein und Haben? Solange Jugend und Schönheit als Währung reichen und die Zukunft noch vor einem liegt wie eine frisch geteerte Urwaldpiste, ist den Leuten ja relativ egal, was man an Geld oder Bekannten oder Herkunft oder Beruf hat.

Später allerdings steigt der gesellschaftliche Erwartungsdruck in Bezug auf die anderen Dinge. Mich selbst interessiert das nicht; ich kann auch ältere Menschen sehr schön finden und stelle Stil grundsätzlich über Geld und

Anstand über Status, aber irgendwie erwische ich mich ja doch dabei, an jedem Geburtstag zu bilanzieren, was ich haben sollte und was tatsächlich da ist: Rein materiell betrachtet, ein ziemliches Desaster.

Ich bin gesund und ich habe mich, beschwichtige ich. Ich lebe an einem Ort, von dem ich nicht fliehen will, in einem Körper, den ich ertrage. Ich leide nicht. Und auch du bist nur noch in meinem Herzen wie der Duft eines lange vergessenen Frühlings: Süß, mit einem Anklang von Schwermut. Es geht weiter.

Immer werden Träume auf der Strecke bleiben. Immer werden andere dafür entstehen. Aber manchmal, denke ich, manchmal ist es auch gut und richtig, es einfach nur beim Träumen zu belassen.

Stoa

Die Fähre ist spät dran. Seit Tagen herrscht extremes Niedrigwasser; die Schiffe kriechen oder kommen überhaupt nicht aus dem Hafen; letztens blieb sogar eine Fähre vor den Nachbarinseln stecken, 600 Gäste harrten aus, bis am Abend endlich die Flut kam und sie freispülte. Da braucht es schon ein gerüttelt Maß an stoischer Gelassenheit, um durchkreuzte Reisepläne und alles andere damit verbundene Unbill in Würde auszusitzen oder zu -stehen.

So wie der junge Kutscher, der neben seinen beiden schönen Kaltblütern in der Morgenkälte ausharrt, in der Hoffnung auf eine Handvoll Fahrgäste für die tägliche

Inselrundfahrt. Auch mein Vater und ich sind daran interessiert und deshalb pünktlich um 10 zur Stelle. Aber aus der Ausfahrt wird nichts, „frühestens um 11" könne man los, erzählt der Mann, er warte noch auf die Ankunft der Schiffe.

Zum Glück gehört auch mein Vater zu einer eher gelassenen Sorte von Mensch, und so hat er nichts dagegen, die Stunde einfach noch durchs Dorf zu trödeln. Tatsächlich hat Langeoog, so klein und öde es an grauen, kalten Tagen in der Nebensaison auch scheinen mag, aber auch immer etwas Interessantes zu bieten, sofern man ein paar Schleichwege kennt und die Augen offenzuhalten gewillt ist. Und bei wirklichem Schietwedder lohnt allein ein Gang in die Kirchen oder die immer gut sortierte Vertrauensbibliothek.

Um 11 indes ist immer noch kein Schiff in Sicht; der Kutscher sitzt inzwischen im Planwagen und wärmt seine Hände an einem Becher Kaffee. Seine Pferde haben nach wie vor die Ruhe weg; lediglich ein Schnauben ist ab und zu zu hören.

„Schöne Tiere hast du" sage ich, Insulaner duzen sich ja alle, und außerdem ist mir der Mann sympathisch. Wir unterhalten uns ein bisschen, und ich bewundere, dass auch von ihm kein Quäntchen an Hektik, Unruhe oder Genervtsein ausgeht.

Gelernter Forstwirt ist er, aber auch in diesem Beruf hatte er bereits mit Kaltblütern zu tun: Pferde, die dort die Stämme aus dem Wald schafften, wo Traktoren nicht hinkamen.

„Einen Kaltblut-Schimmel hatten wir dort", erzählt er, „bestimmt eine Tonne Lebendgewicht, und der konnte arbeiten!"

Sofort habe ich dieses mächtige, schöne Tier vor Augen mit seiner gewellten, schneeweißen Mähne und den riesigen Hufen.

„Aber wenn Feierabend war, war Feierabend", setzt er fort, und mein Vater und ich grinsen schon, weil wir ahnen, dass eine schöne Story über die wohl elegantesten Stoiker des Tierreiches folgt.

Und so sollte während dieses Tages wohl außer Stämmen auch noch eine Fuhre Reisig ins Dorf gefahren werden —— wäre da nicht dieses Pferd gewesen, dass es sich zum Feierabend erst einmal auf genau diesem mühevoll aufgeschichteten Reisighaufen gemütlich machte. Wie nun also die Tonne Gaul da runter bekommen? Bekanntermaßen arbeitet ein Kaltblut, wenn es arbeitet, und liegt, wenn es liegt.

„Dann haben wir den Reisighaufen irgendwann einfach in Brand gesetzt" erzählt der Kutscher weiter, und wir machen große Augen, weil doch Pferde in der Regel panische Angst vor Feuer haben. „Nicht dieses", beruhigt er uns, „das stand letzten Endes zwar schon auf, als es ihm zu warm am Mors wurde. Aber nicht schnell."

Wir lachen, und ich denke, dass mir die Geschichte doch keine Sau glaubt, wenn ich das so aufschreibe, zum einen ein Kaltblut-Schimmel, was ohnehin selten ist, und dann noch so einer. Aber sie ist einfach zu schön. Und außerdem, denke ich weiter, würde so eine Geisteshaltung auch manchen Menschen nicht schaden: Arbeiten, wenn man arbeitet, und faulenzen, wenn man faulenzt.

Es ist doch fatal, beim Ausführen einer Sache immer an die Dinge zu denken, die man gerade nicht tut. Achtsamkeit heißt diese Art von Seelenhygiene wohl, und oft muss diese in unserer hektischen Zeit mit all ihrer Reizüberflutung erst mühsam in teuren Kursen und Therapien erlernt werden. So ein Kaltblut hingegen macht das offenkundig von Natur aus richtig; aber natürlich mag es auch unter diesen Tieren Ausnahmen geben.

Nun bin ich in antiker europäischer Philosophie nicht allzu bewandert, aber ich weiß durchaus, dass die Lehre der Stoa mehr ist als ein Sich-Ergeben in ein vorherbestimmtes Schicksal; es ist kein passives Erdulden, vielmehr ein aktives Annehmen dieses Schicksals unter Einübung emotionaler Selbstbeherrschung. Das Ziel: Die Erlangung von Weisheit durch Seelenruhe und Gelassenheit. Allerdings geht es hier immer noch um das eigene Seelenheil, wie bei den Epikurern, die jedoch wesentlich genuss- und sinnesfreudigere Wege zum individuellen Glück beschrieben. Das Erlernen emotionaler Selbstbeherrschung mit dem Ziel der Negierung individueller Bedürfnisse findet sich eher im Konfuzianismus, in dem der Einzelne durch lebenslange Selbstoptimierung und -disziplinierung einfach nur ein perfekt funktionierendes (und damit stabilisierendes) Rädchen im Staat werden soll: Diese, über Jahrhunderte die Gesellschaft prägende Staatsphilosophie war wohl mit ein Grund, warum die kommunistische Lehre in China fruchten konnte, obwohl Mao und Konsorten auch die Schriften des Meister Kung verboten und verbannten.

Aber kehren wir zurück ins demokratische Ostfriesland und erzählen noch einen vom Pferd, genauer: Den schönen Stoikern vom Inselbahnhof.

Inzwischen ist es fast Zwölf, aber wir haben kein Glück, die Kutschfahrt fällt aus: Von den neu Angereisten hat niemand daran Interesse. Und so brechen mein Vater und ich unverrichteter Dinge wieder auf, nicht aber ohne einen Sack neuer Geschichten und Erkenntnisse im Gepäck.

Auf Langeoog, denke ich, gibt es einfach keine vertrödelte Zeit. Mein Gott, ist dir da im Winter nicht langweilig, fragen meine Freunde aus Berlin noch oft, aber nein: Es wird einfach nicht langweilig.

Und ich weiß nicht, ob es daran liegt, dass tatsächlich etwas passiert, oder dass man es nur nicht mehr wahrnimmt, wenn nichts passiert, weil die Insel einen längst gelehrt hat, die Dinge aus ganz neuer Perspektive zu betrachten. Weil auf der Insel plötzlich Dinge wichtig werden, denen man in der Stadt kaum eine Bedeutung beimisst: dem Wind zum Beispiel, dem Jahreszeitenwechsel, oder dem Mond mit seinem Einfluss auf die Gezeiten.

Auch die sprichwörtliche stoische Gelassenheit lernt man auf der Insel von ganz allein: Und dann steht man eines Tages auf dem Deich und hat aufgehört, auf dich zu warten.

Anfang

Ostersamstag. Der erste warme Tag in diesem Jahr. Seit den frühen Morgenstunden herrscht auf meiner Wohnstraße reges Treiben. Touristen lachen, streiten, diskutieren über den richtigen Weg zum Ausflugsziel. Kinder bolzen im Nachbarhof, ein Ball trifft donnernd meine Balkonbrüstung.

Ich bin müde, aber das fantastische Wetter lockt mich hinaus. Funkelten gestern noch Regentropfen auf meinen Narzissen, so recken sie heute bereits halbgeöffnete Blüten in die Sonne. Auch mir tut die Wärme gut, als ich mich mit dem ersten Kaffee nach draußen setze und weitere Begrünungspläne schmiede: Ein Balkonteich wäre hübsch oder kaskadenförmige Blumentreppen. Ein zierlicher Kaffeetisch. Ein Liegestuhl. Es wird ein schöner Sommer.

Am Strand ist es voll. Die vor der großen ersten Anreisewelle noch verwaisten Fahrradständer sind jetzt unter zahllosen, in der Sonne glänzenden Rädern verborgen. Auch im Rasen daneben liegen welche; über all das stakst unbeeindruckt ein Fasan.

Die Flut bringt das Wasser nah an den Dünensaum, sodass die Menschen noch dichter gedrängt durch den Sand laufen. Mir kommen Familienverbände entgegen, die so groß sind, dass ich mich frage, wie man überhaupt mit so vielen Menschen verwandt sein kann.

Drachen fliegen. Hunde sprinten mit fliegenden Ohren ins ablaufende Wasser. Möwen suchen nach ersten Leckerbissen, die sie den Gästen aus der Hand reißen können. Irgendwo pfeift ein Austernfischer.

Im Ort ist es nur wenig ruhiger. Alle sind draußen bei dem Wetter, auch die Insulaner, zumindest jene, die frei haben. Die Apothekerin ist da, der Buchhändler, der Elektriker, der nette Mann aus dem Weinladen und der Arzt. Alle grüßen. „Moin" sage ich, und komme kaum damit hinterher. Es ist ein schönes Gefühl, angekommen zu sein in der Dorfgemeinschaft. Einen Platz zu haben. Natürlich gibt es auch hier Menschen, die ich nicht leiden kann und vice versa. Aber man hat einen Platz. Man ist kein anonymer Zellhaufen mehr, der unbeachtet in einer Großstadt herumexistiert, bis man sein einsames Ableben vielleicht irgendwann in Form von Geruchsbelästigung registriert. Hier bin ich anwesend.

Sometimes you wanna go where everybody knows your name", kommt mir der Titelsong einer uralten US-Sitcom in den Sinn, deren Namen ich nicht erinnere; irgendetwas von dem Zeug, das man als Kleinstadt-Teenie um 1990 herum eben so ansah.

Während ich über die verschiedenen Arten von Präsenz nachdenke, registriere ich im Inneren das Gegenteil davon: Eine Abwesenheit. Deine Abwesenheit.

Du bist weg, aber nicht in der Form, in der du seit zwei Jahren weg bist, und unter der ich litt, sondern in der Form, dass ich mich nicht mehr sehne. Dass ich dich sehe. Anders sehe.

Ich erinnere deine Worte, Dinge die du mir und anderen schriebst. Ich sehe die oftmalige Grenzwertigkeit deines

Humors, die mir früher entging; deine Sucht nach Aufmerksamkeit, durchwabert von diesem omnipräsenten kalten Hauch Einsamkeit, der wohl jeden gelernten Bühnendarsteller irgendwann umgibt. Es ist halt ein Graben zwischen Bühne und Publikum, und ich bin nicht der erste, der am Brückenbau scheiterte.

Das Wasser zieht sich noch weiter zurück. Bald ist der Strand wieder so breit, dass man die Brandung nur als weiß schimmerndes Band in der Ferne erahnt. Ich steige vom Promenadenweg wieder hinab zum Meer. Ein Welpe tapst mir entgegen, ich bemerke ihn erst durch den feinen, silbrigen Ton des Glöckchens an seinem roten Halsband. Sein Fell ist dunkel wie das des Hundewelpens, der mir kürzlich von einem Berliner Bekannten angeboten wurde. Arthur, denke ich. Das könntest du sein. Das hättest du sein können.

Aber mein Hund Arthur heißt jetzt anders; er ist woanders. Arthur ist jetzt dein Hund, und ich denke, dass kein Film so absurd sein kann wie das Leben. Denn tatsächlich teilen wir die Bekanntschaft mit dem Welpenbesitzer, und nun bekamst du den Hund, denn du hättest „so schnuffig danach gefragt". Der Kerl ist schnuffig wie ein Pferdestriegel, denke ich trotzig, obwohl ich weiß, wie weich deine Arme sind. Aber von innen! schimpfe ich weiter, und überhaupt, was will der alte Sack mit einem Hund. Ob du wohl weißt, mit wem du um das Tier konkurriert hast, frage ich mich, aber eigentlich interessiert es mich nicht. Das war's dann wohl, denke ich, und ich sehe dem Welpen zu, wie er davontrottet.

So einem Hund ist ja auch egal, ob er durch Berliner Betonwüste marschiert oder den Strand entlang pest; was er nicht kennt, kann er schließlich nicht vermissen. Ich überlege, ob ich dich noch vermisse. Die Gespräche, das Leben mit dir. Aber da ist nichts mehr.

Ein Geschwisterwelpe wird mir angeboten, aber ich lehne ab, obwohl mir das Foto des braunäugigen Hündchens fast das Herz zerreißt. Mein Hund und dein Hund Geschwister, das geht doch nun wirklich nicht. Was für ein schlechter Film! Kurz blitzt ein anderer Film in mir auf, von der kitschigen Sorte. Du und ich auf deinem Sofa, zu unseren Füßen zwei tollende Hunde.

Ich rufe mich zur Ordnung: Nein.

Die Welt ist so weit und so wunderbar. Jeder Blick über das Meer bestätigt mir das. Und es gibt so viel Leben darin. Ich werde Arthur schon noch finden, denke ich, wenn der Zeitpunkt gekommen ist. Und vielleicht finde ich auch einen neuen dich.

Es gibt so viele Menschen, bei denen ein genaueres Hinsehen lohnt. Vielleicht sollte ich einfach wieder damit anfangen: Hinsehen und Zuhören. Aber noch richte ich den Blick auf den Boden, aufs Wasser, in den Himmel, über den jetzt eine dreieckige Formation Wildgänse zieht.

Es ist Ostern. Ich weiß nicht, ob ich noch an Gott glaube. Aber möglicherweise glaube ich an eine Art göttlichen Plan. Dass alles an seinen Platz fällt, wenn die Zeit dafür gekommen ist. Dass die Dinge in Ordnung kommen, gleich einer Schneekugel, die man nur lang genug in Ruhe lassen muss, um die Strukturen hinter dem Gestöber zu erkennen. Und ob diese ein näheres Hinsehen lohnen.

Am Flugplatz wird das Osterfeuer entzündet, aber ich mache mir nichts aus dem Brauch, also schließe ich nur das Fenster, damit der Geruch nicht in die Wohnung zieht. Im Fernsehen kommt irgendein Film, aber ich finde nicht in die Handlung, bis sich in einer Szene die Nadel auf einen Plattenteller senkt und eines meiner Lieblingslieder ertönt: *Into my arms* von Nick Cave. Nicht das, denke ich, war es doch dieses Lied, zu dem ich mich quasi in dich verliebte, und welches all meine Sehnsucht nach dir in sich trug, lang bevor ich wusste, wie weich deine Arme sind. Das, und davor, mit noch zaghafter erblühendem Begehren, *Are you the one that I've been waiting for*, bist du derjenige, auf den ich gewartet habe?
Die Frage schien beantwortet. Und für damals war das auch richtig. Aber das Leben geht weiter.
Was für eine Plattitüde, möchte man meinen, aber so ist es. Und feiern wir mit der Auferstehung nicht jedes Jahr an Ostern auch die heilende Wirkung eines Neubeginns? Ich hoffe, dass dieses Jahr das Jahr dafür ist. Das richtige Jahr.
Es ist noch Zeit.

Landgang

„Tschüss, Langeoog!" singen die Kinder in der Inselbahn, „Tschü-hüss Laange-oog!", und ich denke, dass es
für mich der absolute Albtraum wäre, der Insel jetzt Le-
bewohl sagen zu müssen, für immer, oder auch nur für
ungewisse Zeit. An vertrauten Weiden und Wiesen rat-
tert die Bahn vorbei; inzwischen weiß man, wer alles so
wohnt in den Häusern entlang der Gleise, und auf dem
Ausflugsschiff am Kai hält man nicht länger Ausschau
nach dem hübschen Steuermann, weil man längst weiß,
dass er in diesem Jahr nicht wiederkommt.
Ich werde dich niemals verlassen, denke ich voller In-
brunst, bevor ich die Fähre betrete, und dieses Mal meine ich die Insel, nicht dich.
Das Schiff ist sehr voll, und so ziehe ich mich in den
unteren Salon zurück, der meistens ruhig, weil von den
Gästen unentdeckt, ist und damit das reinste Insulaner-
nest. Aus den Bullaugen kann man hier unten im Sitzen
nicht sehen, und so höre ich nur am Motorengeräusch,
dass die Fähre längst Fahrt macht. Wie weh taten mir
immer die Abschiede als Tourist! Die ganze Strecke
über hätte man weinen mögen vor Abschiedsschmerz,
und wieder am Wohnort angekommen, kratzte man alles Geld zusammen, um möglichst schnell wiederkehren
zu können: Dorthin, wo das Herz schlug. Dorthin, wo
man lebte.
Ein einziges Mal nur war mir der Abschied von Lange-

oog erträglich: Als ich wusste, dass du in Berlin auf mich wartest. Als mich noch Hoffnung nährte, das nächste Mal wiederkehren zu können mit dir. Als ich noch hoffte, dich dorthin zurück bringen zu können, wo du geboren wurdest: Ans Meer. Kann man das Meer wohl je aus jemandes Blut spülen? Ich hege da Zweifel.

Der Hafen von Bensersiel kommt in Sicht und mit ihm das kleine Café am Yachthafen mit seiner Dachterrasse. Ich erinnere, eine sonnige Stunde dort mit meiner Mutter verbracht zu haben, was eine schöne Zeit war, da man meine Mutter selten losgelöst von häuslichen Verpflichtungen irgendwo für sich allein hat. So aber klingelten die Eiswürfel in unseren Gin and Tonics, während Masten im Wind sangen und Meer und Möwen dazu erzählten. Vermisst du das nicht, fragte ich meine Mutter, immerhin eine gebürtige Niedersächsin. Du musst das doch im Blut haben, als einzige echte Norddeutsche unserer Familie. Natürlich fehlt mir das, sagte sie, das hier: das bin ich. Und wenn ich könnte, würde ich hier auch wohnen.

Ich hatte dem nichts hinzuzufügen. Sicher spielt dein Vater in diesem Moment im Himmel für uns Akkordeon, sagte ich nur, und wir hörten seine Musik durch die Masten der Segelboote.

Mir wird wunderbar friedlich zumute, als ich die Dachterasse des Cafés vom Panoramadeck aus näherkommen sehe. So viele schöne Erinnerungen. So viele sanfte Tage, hier oben, an der See.

Die Ankunft wird eher unsanft. Die Betontreppe am Anleger ist schwarz vor Menschen. Kopf an Kopf reiht sich, dazwischen wuseln Kinder und Hunde, und all diese Menschen wollen nach Langeoog.

Als ich noch im Hotel arbeitete, suchte ich oft diese Menschenmenge nach potentiellen Arschlöchern ab. Nach solchen Gästen, die mir das Leben im Paradies zur Hölle machen würden. Nach Gästen, die sich an der Rezeption vor mir aufbauten und laut zu ihren Kindern sagten: Siehst du, deshalb ist es wichtig, dass du in der Schule was lernst, sonst musst du auch mal so einen Job machen. Gäste, die den Unterschied zwischen Leibeigenschaft und Dienstleistung nicht begriffen, den ganzen Aufenthalt über mit ihrem Geld und ihren Titeln protzten, um am Ende dann doch alles billiger haben zu wollen. Gäste, die einen beim längst überfälligen Abschließen der Bar zusammenbrüllten, dass man gefälligst zu öffnen habe, wenn sie etwas trinken möchten, egal, wie spät es sei. Gäste, bei deren gruß-, dank- und trinkgeldlosem Verschwinden man mehr als einmal in Gedanken ein „bloß nicht" ans „Auf Wiedersehen" hängte. Vorbei, denke ich aufatmend, und versuche mir dafür die vielen netten Gäste ins Gedächtnis zu rufen, von denen mir zwei bei einer Zufallsbegegnung in Wilhelmshaven erst kürzlich noch fröhlich um den Hals fielen: Auch die gab es, Gottseidank.
Im Bus nach Esens löse ich eine Hin- und Rückfahrt und bin so glücklich, dass es kein one way ticket mehr ist.

Ich gehöre hier hin, denke ich euphorisch, während sich die Morgensonne zwischen die Osterglocken in den Vorgärten schiebt und erste Anwohner ihre Auffahrt fegen. Ich bin einer von Euch.

Die Ernüchterung folgt in der Bäckerei.

Nachdem die Menschen vor mir in der Schlange alle auf Plattdüütsch bedient wurden, schwenkt die Verkäuferin bei mir ins Hochdeutsche. Ich bin enttäuscht. Sieht man mir den Städter etwa doch noch an?

Wie schön wäre es, jetzt einfach die Bestellung lässig in feinstem Plattdüütsch aufgeben zu können! Aber leider ist mir mehr als Verstehen nicht gegeben, und so ziehe ich geschlagen meiner Wege, die erworbene Brötchentüte wie irgendetwas Unanständiges in meiner Jacke verbergend.

Zum Mittag kehre ich in eines dieser zwanghaft auf modern getrimmten und damit sehr uniformiert wirkenden Restaurants ein, bei denen es also quasi egal ist, ob sie in Berlin oder Ostfriesland stehen. Aber dieses hier hat gutes Essen, so wurde es mir zumindest erzählt.

Die sehr junge Bedienung bringt mir die Strauchtomatensuppe in einem Wasserglas. Das finde ich furchtbar stillos: Es sieht grauenhaft aus, die Suppe wird viel zu schnell kalt und man gelangt nur mit einem Teelöffel auf den Grund, von dem sich aber wiederum nur hundsmiserabel essen lässt. Kurz überlege ich, ob ich mich beschweren soll, dass ich die Suppe doch lieber vom Porzellan hätte oder zumindest aus einem für Suppen geeigneten Weckglas, und dass ich angesichts des Suppenpreises das Servieren in einem 1€-Trinkglas vom IKEA für eine Frechheit sondergleichen halte, aber dann denke ich daran, dass die Kellnerin für die missglückten Kreativkapriolen ihrer Vorturner nichts kann und halte lieber die Klappe.

Es fällt deutlich schwerer, zu nörgeln, wenn man einmal auf der anderen Seite des Geschäftes gearbeitet hat — insofern war wohl alles zu etwas gut. Auf einen Nachttisch verzichte ich indes; zu groß die Furcht, diesen auf nackiger Schieferplatte serviert zu bekommen oder sonst einem Auswurf neumodischer Gastronomie. Diesem, denke ich, widme ich mich lieber in irgendeinem altmodischem friesischen Oma-Café, wo Cappuccino noch Filterkaffee mit Sprühsahne ist oder erst gar nicht auf der Karte steht: Manchmal bin ich einfach gerne von gestern.

Später lade ich große Stauden und Pflanzkübel auf den Wagen des Baumarktes, dem eigentlichen Ziel meines Ausflugs. Meine Laune steigt schlagartig: Der wohnt hier, denken jetzt sicher alle, sonst würde er ja nichts Großes kaufen. Und vielleicht hat er ein schönes Haus mit einem Garten. Gut, wahrscheinlich denken die Leute eher nichts, weil sie mit ihren eigenen Einkäufen zugange sind, aber ist es nicht wunderbar, endlich angekommen zu sein, irgendwo hinzugehören und sich dort ein Heim zu schaffen?

Es ist zauberhaftes Wetter, und so fällt es leicht, mir im sonnengefluteten Gartencenter des Baumarktes mein

Traumhaus samt Garten vorzustellen, auch wenn ich tatsächlich nur meinen Balkon ausrüste. Der Wind rauscht durch die Blätter des Bambus in meinem Einkaufswagen, und ich hebe das Pflänzchen wie ein Baby noch einmal hinaus, um einen passenden Topf dafür auszusuchen. Mein Zuhause!, strahle ich innerlich und würde den Bambus gern an mein Herz drücken, wenn ich ihn nicht ohnehin schon im Arm hielte. Alles ist wunderbar, so wie es ist, denke ich, und dass ich zufriedener nicht sein könnte.

Nur das Glucksen der Teichbrunnen lässt mich noch weiterträumen. Ein Garten mit Teich! Ein solcher gehörte für mich schon als Kind zum perfekten Haus. Einen Vorgarten mit weißgestrichenem Zaun hätte es außerdem, mit Tulpen darin, schneeweißen Scheibengardinen und einem Hahn aus Holz im Küchenfenster, auf den morgens die Sonne fällt, während der Duft frisch gebackener Brötchen durch die Räume zieht.

Nächtelang suchte ich nach genau so einem Hahn im Online-Versandhandel, aber ich fand ihn nirgends. Umso größer mein Erstaunen, als ich nun, in der Dekoabteilung, vor exakt dem Tier aus meinen Kinderträumen stehe. Er ist eigentlich ein bisschen zu teuer, aber ich kaufe den Hahn, ohne zu zögern. Manchmal mag man ja doch an einen Wink des Schicksals glauben.

Und an ein Zuhause, für das man schon immer bestimmt war.

Pausenton

Und plötzlich hat man Sehnsucht nach dem Deich. Danach, dort frei und unbesorgt im Wind zu stehen, die Arme ausgebreitet, und sich von der Sonne wärmen zu lassen, während Zugvogelschwärme in majestätischer Formation über die glitzernden Salzwiesen gleiten. Dorthin, wo man sich schon sah, noch bevor der Zug ins neue Leben aus dem Bahnhof in die dunkle Berliner Nacht hinausgerollt war. Dort, wo alles neu anfangen sollte.

Ich wohne jetzt nah am Deich; so nah, dass ich nur früh genug vors Haus treten müsste, um täglich die ersten Sonnenstrahlen über seine grüne Deichkrone kriechen zu sehen, bevor sich das weiche Licht des Morgens die ganze Straße hinuntergießt wie ein Strom flüssigen Golds.

Jetzt aber ist der Deich fern, während ich unter drei Decken vor Kälte zusammengekrümmt liege wie eine zitternde Nordseekrabbe. Ich muss das Fenster zumachen, denke ich, das verdammte Fenster. Und die Heizung an. Ich muss beides vergessen haben, das wundert mich. Als meine Zähne vor Kälte aneinanderschlagen, zwinge ich mich endlich aus dem Bett: Es sind doch keine drei Meter! Aber das Fenster ist zu. Und die Heizung an. Und dann dämmert mir: Ich fiebere. Schicksalsergeben krieche ich zurück unter die Decken, wissend, dass das Frösteln bald enden und die Decke auf meinem Bauch zu kochen beginnen wird, dazwischen unruhiges Wälzen, Grübeln, Fieberträume, Wachträume — Ich werde selten krank. Es gibt auch Tage, an denen ich gesund bin, und trotzdem nicht zum Deich gehe, aber mit dem Deich ist es wohl wie mit vielen Dingen im Leben: Das Begehren wächst mit der Unerreichbarkeit. Und der Bewegungsdrang mit der erzwungenen Inaktivität. Und so liege ich da und will zum Deich.

Ob der Krankheit gräme ich mich nicht, denn sie bringt mir Muße*, übersetzte ich vor fast zwei Jahrzehnten mal einen Text des chinesischen Essayisten Qian Zhongshu, in dem es um Glück ging. Ich erinnere diesen Text noch oft, denn er brachte doch recht treffend zum Ausdruck, dass Glück kein immerwährender Zustand sein könne, weil wir es sonst nicht mehr als solches wahrnähmen. Dass Glück eine Frage der Perspektive sei. Dass an sich wunderbare Dinge an Unglück gekoppelt sein können, wie z.B. das Festessen auf einer Beerdigung, oder man eben auch das Gute im Schlechten finden könne, hier: Die Muße in der Krankheit. Freilich wusste der 1910 geborene Qian noch nichts von Smartphones, die man mit ins Bett nehmen kann, um sich trefflich vom Mußehaben abzuhalten; zur Not sogar einhändig, während man versucht, das Thermometer in irgendwelche Körperhöhlen zu bugsieren.

Und so höre ich mir, anstatt auch im metaphysischen Sinne in mich zu gehen, im Internet auf dem Smartphone royale schwedische Hochzeitsreden an. Keine Ahnung, wie ich da hingelangt bin, und was ich eigentlich statt dessen anschauen wollte, aber ich höre die Sprache sehr gerne, und so bleibe ich dort hängen. Dann klicke ich zu den dänischen royalen Hochzeitsvideos, weil der Prinz von Dänemark so wahnsinnig hübsch ist, und rege mich innerlich einmal mehr auf, dass du die Sprache nicht mochtest, obwohl du sie sogar beherrschst. „Dänisch klingt doch wie besoffenes Plattdüütsch" höre ich dich noch meckern, aber wie ich dem schönen Prinzen zuhöre, muss ich zugeben, dass du leider nicht völlig Unrecht damit hattest. Aber gesungen klingt Dänisch schön. *Under stjernerne på himlen* ... wie sehr habe ich mir immer gewünscht, dass du dieses Lied eines Tages für mich singst, auch wenn es eigentlich ein Schlaflied für Kinder ist.

Hvor du end er i fantasien,
vil jeg altid være
her hos dig, min kære.

Under stjernerne på himlen, (c) Seebach/Heick 1993

Irgendwann fällt mir das Telefon aus der Hand. Ich schlafe ein.
Nach dem dritten Aufwachen in nasskalter Wäsche, dem Neubeziehen der Kissen und Decken und dem Entledigen des dritten durchtränkten T-Shirts, werde auch ich langsam wehleidig. Wie schön war es, als man mit Fieber von der Mutter aufs Sofa gelegt wurde, in trockenen Decken, während sie das Bett frisch bezog und die Wärmflasche und den Tee für die nächste Zitterpartie

bereitete. Heute mache ich jeden Scheiß selbst, und frage mich, ob in solchen Situationen eine neue Partnerschaft nicht doch ihre Vorteile hätte. Andererseits: Will ich mich wirklich noch einmal so vor jemandem entblößen, in dieser Verletzlichkeit zeigen, in dieser Hilfsbedürftigkeit? Mir fällt sowas fürchterlich schwer. Und wie groß war dann immer die Furcht vor einem erneuten „Stell dich nicht so an, den Scheißtee kannst du dir ja wohl noch selbst kochen!" — Es fühlte sich schließlich nicht jeder meiner bisherigen Lebensabschnittsgefährten zum Krankenpfleger berufen. Der hier Zitierte ist zwar sehr lange her, aber gewisse Dinge lassen Spuren. Und so bin ich heute eben selbst das Arschloch, das mir das „Stell dich nicht so an!" entgegenbrüllt: Schließlich sind meine Vorfahren noch bei Minus 30 Grad übers Haff gekrochen und lagen vor Stalingrad im Schlamm, das waren echte Probleme, und da werde ich mir diesen „Scheißtee" ja wohl wirklich noch selbst kochen können! Also dillettiere ich in der Küche herum, bis ich, mit der Teetasse auf dem Nachttisch, wieder ins Bett falle, zu kraftlos, um noch daraus zu trinken.

Beim nächsten Aufwachen ist der Scheißtee kalt, Sonnenlicht sickert bereits durch die Rolläden. Meine Hortensien wiegen auf dem Balkon ihre blütenschweren Köpfchen. Was ist eigentlich so schlimm an Schwäche, denke ich. Sogar meinen Fahrradreifen geht ja manchmal die Luft aus. Solange man sich wieder erholt, ist doch alles gut. Und stört mich die Schwäche an ande-

114

ren? Niemals. Warum also diese Strenge mit mir selbst? Ich lüfte und mache Kaffee. Ich muss heute eigentlich nicht wachwerden, aber ohne den Geschmack von Kaffee versteht mein Körper gar nicht erst, dass ein neuer Tag angebrochen ist: Ergo, Kaffee muss sein.

Das Fieber sinkt, ich schlafe jetzt weniger, liege dafür aber länger wach, was bedauerlicherweise mehr Raum für Sentimentalität lässt. Ich denke wieder an den Deich. Und an dich. Und plötzlich sind da wieder all diese Szenen und Gefühle, zu denen eigentlich das ganz große Orchester spielen müsste. Ich würde dich gerne noch einmal sehen. Auf den letzten Fotos, die ich von dir sah, sahst du nicht gut aus. Vielleicht sehe ich dich einfach nicht mehr so sehr im Licht der Liebe. Oder du hast dich tatsächlich verändert.

Zwei Jahre, denke ich, zwei Jahre. Es ist lange her, aber ich sähe dich gern noch einmal so, wie du warst, als ich dich liebte. Als du für mich am schönsten warst.

Was für eine kitschige Filmszene sich vor meinen Augen breitet, wir beide auf dem Deich, eine Begegnung im Gegenlicht. Aber dann wären wir ja doch nur wieder zwei norddeutsche Stockfische, mit einem noch höheren Deich um die Herzen, und hätten uns nichts mehr zu sagen. Und so stündest du wohl nur stumm neben mir, dein Blick verloren zwischen den Nordseewellen, die sich im Farbenspiel deiner Augen brächen.

Einmal hast du geweint. Du weintest vollkommen lautlos neben mir; da waren nur diese beiden Bäche auf deinen Wangen. Ich sah schnell weg. So weint wohl ein Soldatenkind, dachte ich. Immer Haltung wahrend. So würdevoll. Irgendwann dann doch meine Hand auf deinem Arm, die du abschütteltest wie eine Fliege. Ich war dir deswegen nicht böse. Auch ich bin nicht gern sichtbar in meiner Verletzlichkeit.

Und so versuche ich wieder an den Text Qian Zhongshus zu denken, an die Passage über das Innehalten, die mußebringende Krankheit. Ich verdränge Gedanken an Pflichterfüllung, Nützlichkeit und Produktivität. Man muss diese Zustände wohl annehmen; ändern kann man sie ja ohnehin nicht, zumindest solange nicht, wie der liebreizende Inseldoktor einem nicht die passenden Drogen dazu verpasst hat.

Die Nacht senkt sich über die Dünenkette im Osten der Insel; das Deichtor wirft schon lange Schatten. Auf den Feldern schlafen die Gänse mit dem Kopf im Gefieder. Aus dem Wäldchen am Dünenfriedhof schreit der Kauz. Vielleicht sind Krankheiten, sofern sie nichts Lebensbedrohliches sind, einfach nur nötige Pausentöne im Leben, denke ich. Zum Innehalten. Zum Wachsen, wie bei einem sich häutenden Insekt. Man wird sich seiner Fragilität bewusst und zugleich seiner Stärke. Und man wird ehrfuchtsvoll, wenn nicht gar demütig dabei, den Körper bei seiner Selbstreparatur zu betrachten: Er ist schon ein rechtes Wunderwerk, der Mensch.

Um mich herum ruht jetzt der ganze Rest der wunderbaren Schöpfung, während ich noch längst im inneren Dialog versunken bin.

Bald ist ein neuer Tag. Bald bin ich wieder gesund. Und dann, denke ich, dann fahre ich zum Deich und sehe mir den Sternenhimmel an. Die Musik dazu macht das Meer.

Der Ruf des ersten Austernfischers zerschneidet um kurz nach Fünf die Nacht.

*Qian, Zhongshu: Von der Flüchtigkeit des Glücks. Aus dem Chinesischen von M. Opiolla. In: Hefte für Ostasiatische Literatur, Nr. 29/Nov. 2000

Gänsemarsch

Die Sonne zerschmilzt als glutroter Ball im Meer; ihre warme Farbe ein atemberaubender Kontrast zur eisblau schimmernden Oberfläche der Priele und der silberfarbenen Wellenkämme. Falls sich jetzt noch irgendjemand fragt, warum ich diese Insel abgöttisch liebe, denke ich, der sollte sich jetzt einfach nur hier hinstellen. Stellen, schauen, atmen.

Kurz darauf ist der Ball fort, und mit einem letzten Glimmen am bereits dunkelviolett verfärbten Horizont verabschiedet sich dieser Tag für immer. „Schön, nicht?" höre ich eine Stimme hinter mir; eine Insulanerin ist herangetreten, und ich weiß gar nicht, wie ich das, was ich in diesem Augenblick sehe, in Worte fassen soll. Ja, sage ich, man wohnt schon so lange hier und sieht sich einfach nicht satt, es ist unbegreiflich. Ihr Mann macht Fotos vom Sonnenrest.

Hinter uns liegen die ersten beiden Tage Sommerauftakt. Es ist warm für Anfang Mai, und wo vor zwei Wochen noch Hagel und Schneeregen auf leere Straßen schlugen, flanieren jetzt eisessende Menschen in kurzen Hosen. Überall setzt bereits die Geschäftigkeit der nahenden Saison ein, und auch bei den Tieren ist allerhand im Gange.

Eigentlich bin ich müde, als ich von der Arbeit komme, aber mir wurde ein gutes Fahrrad geliehen, das ich ausnutzen möchte, und so mache ich noch eine Tour damit zum Schloppsee. Hinter mir kriecht die Sonne bereits hinter die Dünenkette, deren Kuppen sich im letzten Tageslicht immer schärfer abzeichnen, umkränzt von goldfarbenen Strahlen wie mit einem Heiligenschein. Vor mir, Richtung Ostende, taucht die Sonne die Insel in weiches, magisches Licht. Zu beiden Seiten der Straße sehe ich Gänsefamilien in den Wiesen, die schon recht großen Küken mit ihren Stummelflügelchen hinter den Elterntieren hertapsend. Die schimmernden, langen Hälse der ausgewachsenen Graugänse ragen als elegant beleuchtete Figurinen aus den Grashalmen hervor. Möwen treiben lautlos im Aufwind, eine Formation Nonnengänse zieht zu ihren Stammplätzen auf den Weiden westlich des Seedeichs. Zwischen Rinderbeinen zerren Austernfischer an Würmern im Erdreich, darüber tanzt mit lerchenhaftem Zwitschern ein kleiner Schwarm Steinschmätzer.

Am See mache ich Halt, um die Gänschen vom Straßenrand aus zu beobachten. Sie sind niedlich, aber ihr vorsichtiges Zurückweichen, ihr ängstliches Fiepen und das misstrauische Beäugen der Eltern machen mir ein schlechtes Gewissen. Irgendwann haben sie sich an mich gewöhnt, zumindest glaube ich das, denn sie wagen sich aus dem Schutze der Salzwiesen wieder weiter in meine Richtung. Der Gänsevater allerdings etwas zu weit. Und dann: Angriff. Mit wütendem Flügelschlagen und aufgesperrtem Rachen, sodass ich die kleinen, spitzen Zähne sehen kann, rennt Papa Gans auf mich zu, und ich trete in die Pedale, bevor er abheben kann und mir im Genick landet.

Hast ja Recht, denke ich insgeheim, Entschuldigung. Dabei hatte ich mich kaum bewegt, aber mir erzählte einst ein Wattführer, dass die Vögel in den Salzwiesen tatsächlich mehr Angst vor Einzelpersonen haben als vor Menschengruppen: Die kennen sie von den Wanderungen. Ich fahre noch etwas weiter in Richtung des Kleinen Schloppsees, aber als ich dort eine noch viel größere Schar Gänse mit ihren Küken entdecke, mache ich kehrt. Ich habe hier um diese Uhrzeit nichts mehr verloren, gestehe ich mir ein, so sehr ich die Natur auch liebe. Ich bin ein Mensch. Ich störe. Also sehe ich zu, dass ich Land gewinne, bevor ich noch mehr Gänse verärgere.

Nun passiere ich auf dem Rückweg notgedrungen aber erneut den erzürnten Vogelvater, und der hat mich jetzt auf dem Kieker: Ich sehe den aufgesperrten Schnabel mit der kurzen, dicken Zunge und den Zähnen schon von Weitem, vor dem Hören des Fauchens schützt mich gnädig der Wind.

Meine Mutter hatte als Vierzehnjährige auf dem Weg zum Konfirmandenunterricht in ihrem Dorf ständig so einen gefiederten Wegelagerer, den sie letztendlich einmal am Hals packen und von sich schleudern musste, bevor er sich ganz in ihrem Sonntagskleid, der Bibel oder irgendwelchen Körperteilen verbiss. Über das weitere Schicksal des geschleuderten Ganters wissen wir nichts, und also ist meine Mutter vom Vorwurf des Gänsemordens — in dubio pro reo — freizusprechen, aber natürlich ist diese Geschichte in unserer Familie ein running gag. Meine Mutter mag also Gänse nicht besonders, und ich verstehe seit heute durchaus, warum. Auch wenn hier letzlich nur ein Vater seine Kinder verteidigt, was ja an sich eine heroische Sache ist.

Auf dem Weg durch die majestätischen Dünen des Pirolatals zum Strand ist der Gänseterror bald vergessen. Auf jedem Quadratmeter so unendlich viele Farben, denke ich. Millionen Grüntöne, und immer sind es andere, nie wird das Auge satt von diesem Grün. Und dann das Blau des Himmel darüber, all die Farben des Meeres, der Sand und das letzte Gleißen der Sonne. Ich werde nicht satt. Ich werde nicht satt und ich werde nicht leer von dieser Liebe zu Langeoog. Die Schönheit der Insel ist grenzenlos, und jeder Frühling entfaltet sie aufs Neue. Es ist auf Langeoog mein dritter.

Es tut so gut, hier zu sein. Immer noch hier zu sein und

sich zu erden in dem, was man liebt.

Die Zeit heilt wirklich viel, und ich denke dankbar an all die wunderbaren Menschen und Ereignisse, die meine innere Tränenflut deinetwegen in mein Leben gespült hat. Und wie sich die Kreise ja doch immer schließen; wie Dinge, die auf den ersten Blick so grob und völlig deplatziert erschienen, plötzlich ineinandergleiten wie die Verschlussstücke an einer filigranen Schmiedearbeit. Ich bin dankbar für dich. Ich bin dankbar dafür, dass ich dich liebte. Ich bin dankbar für die Musik. Ich danke dir nicht für mein Leid, so gut bin ich nicht. Und ich würde auch nicht sagen: Es hat sich gelohnt. Schmerz bleibt Schmerz, und gerade Liebeskummer ist und bleibt eine eklige, kalte und einsame Angelegenheit. Aber es war nicht umsonst. Du bist schon so lange her. Wie viele Jahrhundertereignisse liegen bereits zwischen jetzt und deinem letzten Kuss! Eine Sonnenfinsternis in Flensburg, ein Blutmond auf Tjard-sin-Utkiek. Und heute kreuzte Merkur die Sonne, ein Ereignis, noch viel seltener als die totale Eklipse, selbst wenn der Planet heute Mittag nur als winzige Erbse auf dem großen, goldenen Platzteller der Sonnenscheibe zu erahnen war. Und wir? Sind ja im Grunde auch nicht mehr. Nur kurz im Licht des Lebens, und ansonsten? Geschichte, Asche, und, im romantischsten Falle, noch irgendwessen Erinnerung.
Ich beschließe zufrieden den Tag. An Weihnachten, denke ich, gibt es Gans.

Nichttag

Es gibt Tage, die in ihrem konturlosen Einheitsgrau verschwinden, als hätte es sie nie gegeben, diese Tage mit nichtssagendem Wetter, nichtssagender Dünung, nichtssagenden Plänen: Nichttage. Heute wird so ein Nichttag, denke ich, als ich mich übermüdet aus dem Bett quäle, nach einer schlaflosen Nacht, in der Böe um Böe an den Fenstern rüttelte und die Beschwerungsplättchen des in voreiliger Erwartung des Hochsommers angebrachten Insektenvorhangs mit unmelodischem Klackern gegen die Scheiben schlugen.

Ich muss zum Zahnarzt aufs Festland, und so stehe ich am Bahnhof unter den Wartenden, alle mit gesenkten Häuptern unter ihren regennassen Kapuzen, die Hände irgendwo verborgen vor den schneidenden Windstößen. Dazwischen quengelnde Kinder, wuselnde Hunde, streitende Paare, Gepäck. In der Inselbahn ist das nette Paar, das ich letztens noch in der Weinbar traf; sie planen eine Ausflugsfahrt mit dem Schiff und ertragen das Mistwetter tapfer, um den Kindern die Vorfreude nicht zu nehmen. Ich bin einigermaßen entzückt, als mir zur Begrüßung sogar der dreijährige Junge des Paares lächelnd das winzige Patschhändchen reicht, und auf einmal kommt mir diese Familie vor wie ein einzelner bunter Regenschirm in einem Meer von lauter grauen. Am Hafen nehmen wir Abschied und besteigen unsere wartenden Schiffe.

Unter Deck lese ich eine Geschichte von Gorch Fock, „Der Krämer". Ich ahne das tragische Ende der Hauptfigur bereits, als der Autor das erste Mal den Dachbalken des Krämerladens erwähnt, und denke noch noch „bitte nicht", denn längst hat man den Protagonisten liebgewonnen in seiner norddeutschen Steifigkeit, aber dann sterben ihm der Reihe nach alle Kinder weg, die Frau, und dann hängt er dort, über dem Herzen seiner Existenz, während sein eigenes aufhört zu schlagen.

Ich klappe das Buch zu und starre konsterniert aus dem Bullauge der Fähre, bis mich die Welt zurück hat. Es ist nur ein Buch, sage ich mir, während graue See in kleinen, langweiligen Wellen teilnahmslos an der Außenhaut des Schiffes leckt.

Dort unten ist auch Gorch Fock, denke ich, während ich in das trübe Wasser starre, obwohl das gar nicht stimmt, weil seine Leiche gefunden wurde und er auf der schwedischen Insel Stensholmen bestattet liegt. Aber noch lässt mich die Dramatik der Geschichte nicht los, vor allem nicht das unheimliche Detail, dass einer der Krämersöhne im Skagerrak ertrinkt, wo der Schriftsteller im Alter von nur 36 Jahren schon bald selbst den Tod finden sollte. Am 31. Mai, in wenigen Tagen, jährt sich der Tod Gorch Focks zum hundertsten Male, und damit auch der Untergang des Kleinen Kreuzers SMS Wiesbaden, auf dem er zu dieser Zeit diente.

Bei der Überfahrt ans Festland denke ich über die dunklen Seiten der See schon lange nicht mehr nach. Beim

Busfahren über Land habe ich mehr Angst, und soweit ich weiß, ist auch noch nie eine Langeoog-Fähre havariert, aber vergessen sollte man ihn wohl nie, den Respekt vor der See. Ebensowenig wie die Erinnerung an das entbehrungsreiche Leben unserer Vorväter auf diesem wunderschönen Landstrich hinter den Deichen, auf dem, wie es ein anderer Schriftsteller einmal treffend beschrieb, „einen der Herrgott auf seiner flachen Hand direkt unter den Himmel hält".

Was für eine wunderbar passende Beschreibung, denke ich, und bedauere, dass mir der Name dieses Dichters partout nicht mehr einfallen möchte.

Ich verlasse das Schiff in Bensersiel, zitternd vor dem überfüllten Wartehäuschen dem auf dem Parkplatz stehenden Bus entgegenharrend, auf dessen Display das Bild einer dampfenden Kaffeetasse das Wort PAUSE umrahmt. Dann endlich geht es weiter.

Einmal mehr denke ich, dass es wenig Trostloseres gibt als ostfriesische Kleinstädte im Regen. Aus den Körben vor den fast verwaisten Souvenirläden schauen mich Plüschseehunde mit triefnassem Fell an; um den Hals winzige Tücher in Rot oder Blau. Daneben lacht eine Sonne von einem Kaffeebecher; auch über ihr Gesicht laufen Tränen aus Regen. Kinder quengeln um ein Körbchen in Plastik eingeschweißter Muscheln, und der Vater tobt, weil es doch Muscheln in Hülle und Fülle gäbe hier am Strand, man müsse nur hingehen und welche sammeln. Die Mutter indes gibt nach und kauft. Am

124

Ende verlassen zwei strahlende Kinder das Geschäft, die Muschelkörbe ans Herz gedrückt. Und zwei Elternteile, von denen jedes angestrengt in eine andere Richtung blickt. Die Szene deprimiert mich. Warum ist Glück immer so teuer erkauft denke ich, und: Was tut man nicht alles aus Liebe.

Ich taste in meinen Jackentaschen herum: Irgendwo finde auch ich dort immer noch Muscheln, die ich am Strand sah, haben musste, einsteckte, und dann wieder vergaß, bis sie mir irgendwann als kleine Splitter in die Finger schnitten. Heute finde ich keine darin.

Das Wetter ändert sich auch in der nächsten Stunde, die ich beim Warten auf meinen Termin vertrödele, kein Stück. Es bleibt ein Nichttag. Es ist weder richtig kalt noch warm, es ist weder völlig verregnet noch trocken, es ist weder hell noch dunkel. Ohne meine Uhr hätte ich nicht die leiseste Ahnung, wie spät es ist, denn auch der Sonnenstand lässt sich im Einheitsgrau der diffus ausgeleuchteten Wolkendecke nicht wirklich erkennen. Nach der netten Familie in der Bahn ist nur noch der Postbote ein Lichtblick, der gerade in seiner Fahrradtasche nach Briefen kramt. Seine Haare und sein gepflegter Bart sehen aus wie mit Blattgold überzogen, und ich stelle wieder einmal bass erstaunt fest, welche wunderbaren Blondtöne ostfriesische Menschen zuweilen in all ihrer wohltuenden Uneitelkeit mit sich herumtragen.

Ich streiche gedankenverloren durch mein eigenes Allerweltsblond und erinnere das nächste Ziel meines Ausflugs: Den Friseur. Der kann zwar nur genau eine Herrenfrisur, mit der alle der vor mir Wartenden aus dem altmodischen Salon spazieren, aber dafür ist er billig und schnell. Ich reihe mich ein und höre dem Kleinstadttratsch zu: Die Exfrau von dem, der jetzt mit der, die ist ja jetzt auch mit so nem Ausländer. Und natürlich habe man nichts gegen die, aber jetzt, diese ganzen Asylanten … und schon tönt es von der Wartebank: Die Öfen wieder anfeuern, das müsse man! Ich sage dem Friseur, dass ich doch nicht mehr warten könne und entferne mich aus dem Laden, bevor ich irgendetwas sage, das mich noch vor dem Zahnarztbesuch um meine schönen Zähne bringt — das Dorftestosteron ist ja zuweilen auch nicht zu unterschätzen. Und ich frage mich, was eigentlich in den letzten Jahren passiert ist, dass unsere Gesellschaft so verroht. Oder ob viele Leute das mit den Öfen die ganze Zeit dachten und es sich nur nicht auszusprechen trauten. Es ist entsetzlich, denke ich. Aber andererseits will ich um die wahre Gesinnung einer Person auch nicht belogen werden: Es kämpft sich leichter gegen einem Wolf, wenn er den niedlichen Schafspelz abgelegt hat.

Nach dem Zahnarzt esse ich in einem gutbürgerlichen Wirtshaus zu Mittag. Das Essen ist gut und im Vergleich zur Insel fast lächerlich günstig. Auf der Toilette gibt es diese großen Klorollenhalter mit einem silbenen Ablageschälchen obendrauf. Ich sehe hin und stelle fest, dass ich tatsächlich immer noch damit rechne, wie in Berlin überall Kokskrümel darauf zu finden, mit den gefalteten Flyern und Kartenschnipseln drumherum verteilt. Wenn man betrunken genug war, um keine nennenswerte Ekelgrenze mehr zu kennen, konnte man das mit der Fingerspitze auftunken und sich die Pulverreste in irgendeine Schleimhaut reiben, ich kannte genug, die das so machten, bis sie wieder irgendjemanden fanden, der ihnen etwas Ordentliches ausgab.

Innerlich schüttele ich ungläbig den Kopf darüber, wann und wo ich mich noch an Berlin erinnere. Im Berlin meiner Erinnerung ist meistens Nacht. Es gibt Musik und schöne Männer mit wenig an. Tage im Bett mit viel Bereuen. Tage im Bett mit vielen Männern. Es gibt Taxilichter im Regen. Irgendwann gibt es dich. Und den Gedanken: Lass uns gehen. Ich will nur noch dich. Dich, den Deich und das Meer in deinen Augen. Aber du bist geblieben, bei der Nacht, der Musik, den Lichtern, den Männern und dem Regen.

Nun, heute regnet es hier auch. Ich verlasse die Stadt, bevor die Taxen ihre Lichter anwerfen. Es ist Hochwasser, und so macht die Fähre auf dem Rückweg ordentlich Fahrt. Der Himmel zeigt noch immer sein Einheitsgrau: Seine Nichtfarbe.

Ostende

Es herrscht sportlicher Gegenwind, aber der Motor des Pedelecs schnurrt wie ein braves Hauskätzchen und drei volle Balken in der Akkuanzeige schüren Hoffnung, dass dies auch bis zum Ende der zwölf Kilometer langen Strecke so bleibt. Mit meinem eigenen Fahrrad pfiffe ich jetzt bereits aus dem letzten Loch, denke ich, während ich glückselig lächelnd auf dem gemieteten Wunderfahrzeug einen unmotorisiert radfahrenden Menschen nach dem anderen überhole. Ich komme vom Ostende, dem, wie der Name vermuten lässt, östlichen Ende der Insel Langeoog. Es ist eine wunderbare Strecke: Mitten durchs UNESCO-Weltnaturerbe, vorbei an kobaltblau leuchtenden Seen, von hohen Gräsern umschatteten Tümpeln, auf denen Gänseküken tapsige Schwimmübungen absolvieren; vorbei an der Brutkolonie der Sturmmöwen bis hin zur Beobachtungshütte am Osterhook, von wo aus man Hunderte Seehunde vor Spiekeroog liegen sieht. Dazu, am Ufersaum und auf den sattgrünen Wiesen der Ruhezone, Bekassinen, Knutts, Pfuhlschnepfen, Austernfischer in gewaltigen Schwärmen, Strandläufer und Kormorane. Seeschwalben, denen man über der glitzernden Brandung bei ihren tollkühnen Flugmanövern zusehen kann, wie sie sich wenden, schweben, verharren, um dann pfeilschnell im senkrechten Tauchflug ins Wasser zu stürzen: Beim Wiederauftauchen funkelnde Wassertropfen vom Gefieder sprühend wie ein vom Wahnsinn befallener Juwelier, der seine Diamanten um sich wirft. Und Möwen natürlich: Möwen über Möwen. Es ist, wie so viele Flecken auf Langeoog, ein Ort, der im positiven Sinne demütig macht. Der einen sich einerseits klein fühlen lässt angesichts dieser majestätischen Natur und ihrer wunderbaren Geschöpfe — und andererseits groß und stolz, ein Teil davon zu sein. Fast irr vor Sehnsucht steht man dann da und möchte all das einfach nur in sich aufsaugen, wie eine Pflanze, die wochenlang Wasser und Sonnenlicht entbehrte. All diese Schönheit. All diese Stille. Und all die Musik, welche mit zartem, silbrigen Klang aus dieser wunderbaren Ruhe ans Ohr dringt: Das Trillern der Austernfischer, die Schreie der Möwen, der melodische Gesang der Lerchen, das Plätschern und Glucksen des Seewassers in den Prielen. Und ab und zu: Das Nebelhorn der Fähren.

Doch dazu kommt es heute nicht. Es sind viel zu viele Menschen unterwegs — oder ich zur falschen Uhrzeit. So ziemlich jeder Dialekt dringt mir ans Ohr und übertönt die Sprache der Insel. Trivialitäten, Streit, Urlaubs- und Essenspläne. Ab und zu natürlich auch mal etwas Kluges. Kindergekreische, Beziehungskrach.

„Guck mal, lauter Enten!" Das sind Gänse, du Gans, denke ich schnaubend, GÄNSE. Aber ich sage nichts; niemand mag Streber, auch wenn dieses Kind dadurch zumindest heute dumm bleiben wird, weil seine Mutter allen Ernstes eine ausgewachsene Graugans als Ente bezeichnet. „Nein, Heiner, das ist FALSCH" zetert eine andere Frau, während ihr Mann ihr irgendetwas aus dem Rucksack reicht und dabei offenbar nicht das Richtige zu Tage gefördert hat. Ich passiere die beiden, als die Frau dem bedauernswerten Mann gerade den Sack aus den Armen reißt, um ihm triumphierend den Wunschartikel unter die Nase zu halten. Zum Glück trage ich meine Sonnenbrille, denke ich, so kann ich Mitleid und Abscheu wenigstens gekonnt verbergen, und bin angesichts solcher Szenen wieder einmal heilfroh, an so einem schönen Tag allein unterwegs zu sein.

Auch das einzige Ausflugslokal an der Strecke, die Meierei, ist zum Bersten voll, sogar drinnen sitzen die Leute, und die Luft ist zum Schneiden dick: Würstchen, Atem, Kuchen und Schweiß. Ich gehe nur zügig auf die Toilette und kaufe zum Mitnehmen ein Eis.

Wenn man zu irgendeiner umöglichen Uhrzeit hier ist, mitten in der Woche dazu, kann man unter geduckten Nadelbäumen auf der Terrasse in aller Ruhe ein wunderbar rustikales Schinkenbrot essen oder Dickmilch mit Sanddornsaft trinken und dabei den Lerchen zuhören, aber heute wird das wohl nichts: Es sind einfach zu viele Menschen.

Manchmal stimmt mich das traurig. Vor allem, wenn man das Gefühl bekommt, dass den Leuten die Insel egal ist oder sie diese nur als eine Art Nordsee-Disneyland begreifen anstelle eines hochsensiblen Ökosystems. Wo Der-tut-doch-nix direkt neben einer Wiese abgeleint wird, aus der Kiebitzjunge in ihren Nestern piepen. Wo Menschen Lenkdrachen inmitten der Ruhezone durch die Lüfte sausen lassen und Vogelschwärme vor Schreck auseinanderstieben. Wo laut schwatzende Radfahrer_innen durch Felder pesen, in denen schrill pfeifende Austernfischereltern panisch von ihren Brutstätten abzulenken versuchen. Wo Luftballons bei Strandhochzeiten in den Himmel über dem Meer geschickt werden, obwohl in nur wenigen Tagen Seevögel qualvoll daran verenden werden. Es fällt hier nicht immer leicht, Menschen zu mögen.

Auch in der Hütte am Strand bin ich nicht allein. Ein Mann nutzt den in der Hüttenwand installierten Globus, um mit seiner Weitgereistheit zu prahlen: „Neuseeland waren wir ja auch schon, und hier, und da, und dann O'ahu letztes Jahr, also Hawaii, und da sind wir dann upgegraded worden in die First class, ja, da haben wir ja auch dieses First class upgrade bekommen, da sind wir ja erste Klasse geflogen, und überhaupt, Hawaii."
Sag's doch noch mal, denke ich genervt, bis es hier jedes Lebewesen bis hin zur letzten Kegelrobbe begriffen hat: First Class. Upgrade. Hawaii.
„Hmm, Hawaii also", sagt die Frau, der die Strunztirade offenbar galt, in ebenso unbeeindrucktem wie feierlichem Ernst, „uns hat es auf Spiekerook eigentlich auch ganz gut gefallen letztes Jahr. Da kommt man sogar mit dem Schiff hin."
Ich drehe mich weg, damit mich niemand grinsen sieht, und mache einen Strich für die schlagfertige Frau auf meiner inneren „Menschen, die ich mag"-Liste: Auch dort tummeln sich durchaus einige.
Ich überlege, auf welche Seite der Liste du mittlerweile gehörst, aber dann denke ich, dass ich eigentlich gar keine Lust mehr habe, an dich zu denken; ich weiß nicht, wozu. Es ist zu lange her, denke ich, und sehe aufs Meer.

„Die einzige Konstante ist doch die stete Veränderung", schrieb mir heute ein kluger, sensibler Freund, eine Künstlerseele wie du und ich. „Und dennoch finden wir auch in dieser Konstante Geborgenheit und Frieden: Wir müssen sie nur zulassen und uns ihr anvertrauen."
Wie Recht er hat, denke ich, und bewundere einmal mehr, wie viel Trost und Wärme bloße Worte spenden können. Und wie sehr mich die Existenz von Kunst und Philosophie wieder mit meiner Spezies versöhnt: Denn das, denke ich, kann wirklich nur der Mensch. Keine Möwe wird über der Brandung schweben und ‚Mein Gott, ist das schön' denken. Keine Lerche wird singen um des Singens willen, der Freude an der Musik wegen, und kein Ganther schreibt seiner Gans einen Liebesbrief. Sie gehorchen Instinkten.
Wir indes können uns zumindest über einige unserer Instinkte erheben: Das ist nicht immer gut. Aber es bringt auch viel Schönheit hervor.
Ich mache diese Tour zum Ostende nicht zum ersten Mal, und doch erlebe ich sie jedes Mal neu. Das Wattenmeer verändert sich. Die Tiere nähren ihre Jungen, Menschen kommen und gehen. In einem Kanal liegt ein totes Gänschen; die See lässt Quallen und Krebse am Strand zurück, und viele der Zugvögel, die hier im Wattenmeer Rast machen, werden ihr Ziel nie erreichen: Auch das Sterben gehört hier zum Leben. Das ist bitter, natürlich. Aber vielleicht versöhnt es uns auch ein wenig mit unserer eigenen Endlichkeit.
Der Himmel hat sich in wenig vertrauenerweckender

Weise zugezogen. Ich schalte den Elektroantrieb höher und rausche mit 25 km/h leise surrend durchs Paradies. Ein Paar Brandenten fliegt so dicht über meinen Kopf hinweg, dass ich den Windhauch ihres Flügelschlags in den Haaren spüre; dunkel glänzende Rauchschwalben begleiten mich auf der Fahrt zum Deich. Hoch auf den Dünen schnäbeln Brachvögel im Gegenlicht. Menschen bleiben stehen und machen Fotos: Im Pirolatal sind Brachvögel selten; ihre Silhouetten mit den langen, gebogenen Schnäbeln im Gegenlicht jedoch höchst fotogen. Auch ich halte an. „Entschuldigen Sie, wissen Sie wie diese Vögel heißen?" fragt mich jemand, nachdem wir die Tiere eine geraume Weile in respektvollem Schweigen betrachtet haben. „Ja", sage ich: „Das sind Große Brachvögel. Die sieht man eigentlich eher am Flinthörn als hier auf den Dünen." Die Leute bedanken sich herzlich und wir plaudern noch ein wenig über die beeindruckende Vogelwelt Langeoogs. Nette Menschen, denke ich glücklich. Und Streber mögen sie offenbar auch.

Trostlos

Wenigstens ist es warmer Regen, denke ich, als ich frühmorgens in das trübe, nasse Grau vor meinem Fenster sehe, noch müde die Dinge für den Arbeitstag zusammensuchend. Aber eigentlich ist es ja besser so, denke ich, nach so einem Tag, wie könnte man da strahlenden Sonnenschein nicht als Zynismus empfinden? Es sei denn, er brächte einen Regenbogen für all die armen Seelen.

Ich erinnere meine Freunde in Berlin, es hätte jeder von ihnen sein können, du hättest es sein können, so viele Menschen, die ich kenne. Orlando hätte Berlin sein können.

Es ist schön, in Bars und auf Parties zu gehen, die sich an queeres Publikum richten. Man kann da betrunken (oder auch nicht) endlich den Menschen anschmachten, den man liebt, ohne sich den gewissen Blick fürs Schlafzimmer aufsparen zu müssen, aus Angst vor blöden Bemerkungen. Man muss auf dem Herrenklo keine Angst haben, dass sich Typen am Pissbecken verschämt wegdrehen, weil man ihnen was weggucken könnte oder gleich nur noch mit dem Arsch die Wand entlang schubbern. Frauen können sich küssen, ohne schlüpfrige Dreieranfragen zu bekommen oder eindeutige Angebote in Richtung ‚Dich muss doch nur mal einer so richtig …' und so weiter. Transpersonen müssen keine Angst haben, aufs Maul zu bekommen, auch wenn sie kein gutes Passing haben, und sich in der Regel nicht groß erklären oder dreiste Fragen zum Zustand ihres Genitaltrakts beantworten. Kurzum: LGBT*-Lokalitäten sind ein Schutzraum, und es ist wunderbar, wenn man so etwas hat; die durchaus unangenehmen szeneinternen Streitereien und Eitelkeiten und Kleinkriege jetzt einmal außen vor gelassen.

Nun also dieser Gayclub in Orlando, Florida. Und dieser Wahnsinnige, religiös und/oder homophob Verblendete, der meinte, dass er der Welt und seinem Gott etwas Gutes tut, wenn er wahllos Menschen niedermetzelt, von denen jeder Einzelne ich hätte sein können, du, oder mein bester Freund. Mindestens 50 Tote. Mindestens 50 Mal unfassbares Leid. Dieses Eindringen in einen Schutzraum, wie es pervertierter nicht sein könnte. Auch am Morgen danach bin ich noch fassungslos.

Auf der Arbeit bin ich unkonzentriert, er fällt schwer, der Alltag, nach diesem Terror. Mittags möchte ich essen gehen, das Meer ist schön, aber ich frage mich: Kann ich wirklich die Eiswürfel im Glas betrachten, während es anderswo gerade eine Mutter, einen Vater, vor Schmerz um ihr Kind zerreißt, während Menschen, die ich sein könnten, du oder mein bester Freund, vor Schmerzen schreiend in Krankenhäusern ums Überleben kämpfen? Andererseits, funkt die Ratio dazwischen, wird in jeder Sekunde irgendwo gestorben. Und in jeder Sekunde, in der du geweint und gelitten hast, hat irgendjemand auf der Welt gerade vor Freude gestrahlt und vice versa. Mitgefühl ist wichtig. Aber das Leben geht weiter, selbst wenn man oft nicht weiß, wie man nach so einer Zäsur wieder daran anknüpfen soll, an all die Routine und all den Alltag, der einem auf einmal so schal und oberflächlich erscheint und wie abgeriegelt hinter Milchglas.
Nun sind die Pietätsmomente des Schocks vorbei. Auf den Nachrichtenseiten und in den Kommentarspalten kommen die ersten Verschwörungen, Schuldzuweisun-

gen, Besserwissereien. Und natürlich der blanke Hass. „Endlich hat es mal Perverse getroffen statt Unschuldiger", „Gott macht keine Fehler", und so weiter. „Ich hoffe, Trump wird Präsident", schreibt allen Ernstes ein Mensch auf einem queeren Nachrichtenportal, und, „wenn jeder eine Waffe hätte, wäre das nicht passiert", auch die AfD plädiere ja für mehr Waffen. Ich tobe innerlich vor Wut. Es fühlt sich so falsch an, einfach nur falsch. Nein, denke ich, Nein. Jeder Extremismus ist widerlich. Jeder Extremismus ist falsch. Gewalt ist falsch, selbst wenn mir als Historiker klar ist, dass auch Revolutionen, die letztlich Gutes für die Gesellschaft brachten, nicht gerade bei Kräutertee und Räucherstäbchen ausdiskutiert wurden.

Aber man kann den Teufel nicht mit dem Beelzebub austreiben, nicht eine Unfreiheit durch die andere ersetzen. Und mir persönlich ist es einerlei, ob mich Islamisten erschießen oder Rechte tottreten, dafür, dass ich liebe, wen ich liebe, und bin, wer ich bin. Wo ist der Konsens geblieben, denke ich, der Verstand, die Menschlichkeit und die Goldene Mitte? Jeden Tag dieser Terror, irgendwo, und nun noch das. Es macht mich fertig.

Gibt denn es wirklich einen Gott, der Mord höher schätzt als Liebe? Wenn dem so ist, will ich keine Sekunde meines Lebens mehr gläubig gewesen sein, egal mit welcher Religion.

Aber ich gebe die Hoffnung nicht auf, dass es noch Menschen gibt, die an das Gute glauben. Daran, dass Liebe stärker ist als Hass. Daran, dass „Du sollst nicht töten" immer noch ein strengeres Gebot ist als „ein Weib soll nicht Mannsgewand tragen" oder „ein Mann soll nicht liegen bei einem anderen Mann wie beim Weibe". Und ich glaube daran, dass es immer Menschen gibt, die helfen. Die unterstützen, obwohl sie eine Sache eigentlich nicht betrifft. Die hier und heute in Orlando für Schwule Blut spenden, weil Schwule selbst es nicht dürfen. Die heterosexuell sind und trotzdem Regenbögen als Zeichen der Anteilnahme in ihren Social-Media-Profilen posten. Die mit mir um meinen Mann weinen würden, wenn ich ihn verlöre. Und mit seiner Mutter um ihren Sohn.

Es sind grausame Zeiten. Und dann stehe ich da, inmitten dieser grandiosen Natur und denke: Er ist so wunderschön, unser Planet. Voller Wunder. Aber was tun wir ihm eigentlich an? Mit all unseren Kriegen, all unserer Gier, all diesem Leid. Aber die Erde erträgt es irgendwie. Und dreht sich weiter.

**

Mein tiefes Mitgefühl geht an die Freund_innen und Familien aller Terroropfer. Möge ein guter Gott bei Euch sein, der keinen Unterscheid zwischen den Menschen macht. Ich kann nur an einen solchen glauben. R.I.P.

Tourist

Eigentlich wollte ich da nie hin. Natürlich hatte ich als Marine- und Geschichtsinteressierter oft Bilder des 1927 in Laboe errichteten Marine-Ehrenmals gesehen, aber ich fand es doch eher unattraktiv, und den Strand — nun, Strand haben wir auf Langeoog auch. Dann aber las ich, dass auch der GröFaZ, der es in seiner eigenen Militärkarriere übrigens gerade einmal zum Obergefreiten gebracht hatte, das Bauwerk hässlich fand, was mir wiederum Argumente lieferte, das Ehrenmal doch noch einmal wohlwollenderer Betrachtung zu unterziehen. Schließlich musste ein Denkmal, das Hitler hässlich fand (und das deswegen auch in weiten Teilen von ideologischer Vereinnahmung verschont blieb), doch unbedingt schön sein, oder? — Und sei es alleine deswegen! Ein günstiges Urlaubsangebot in einem benachbarten Hotel sowie die parallel stattfindene Kieler Woche taten zur Entscheidungsfindung ein Übriges. Und nun war ich also hier: In Laboe.

Man sollte ja meinen, dass sich, mit Ausnahme der Abwesenheit von Gezeiten, Nord- und Ostsee einigermaßen ähneln, aber sie tun es nicht. Oft lässt sich gar nicht sagen, warum: Beide Meere umgeben flache, grüne Landschaften mit Windräderparks und kleinen Ansiedlungen von niedrigen, roten, manchmal noch reetgedeckten Häuschen, an denen die Regionalbahn mit enervierender Langsamkeit vorbeizuckelt. An den Ortsausgängen ALDI, mittendrin die Sparkasse und eine

Apotheke. Blonde Menschen sagen „Moin" und fahren Rad. Und dennoch ist das eine mir Heimat, das andere Urlaub, auch wenn ich einst jemanden von der Ostsee liebte: Das hier ist seine Heimat. Ich bin zu Gast. Ich kann den Unterschied nicht wirklich erklären; es ist, wie so vieles in Bezug auf das Wort „Heimat": Ein Gefühl. Aber es tut gut, mal wieder selbst Tourist zu sein anstelle von Dienstleister im Tourismus, selbst wenn man wohl für immer einen anderen Blick für gewisse Dinge entwickelt, sobald man auf der anderen Seite des Urlaubsglücks gearbeitet hat.

In Kiel Hbf verlasse ich den Zug. Der Bahnhof ist schwarz vor Menschen, die beliebte Kieler Woche hat schon begonnnen. Reiseveranstalter lotsen Gruppen mit bunten Armbändern zu ihren Kreuzfahrtschiffen. Als ich vor die Tür zum Fähranleger trete, leuchtet der riesige Bug der AIDAvita schneeweiß auf; direkt gegenüber ein weiterer Kreuzfahrtgigant der Colour Lines. Dazwischen mein Fährschiff der SFK Reederei, ein robuster Schlepper, der zwischen den beiden Riesen jedoch so winzig wirkt wie das Badewannenschiffchen, mit dem ich als Kind gern spielte. Er heißt LABOE wie mein Reiseziel, und die Reling ist mit einem Banner geschmückt, auf dem „Laboe ist schö'" steht. Na dann, denke ich: Warten wir's ab.

Durch die Schluchten der Kreuzfahrtschiffe begeben wir uns hinaus auf die Kieler Förde — der kleine Schlepper macht beachtlich viel Fahrt.

Ich erinnere noch gut den Moment, als ich mein erstes Kreuzfahrtschiff sah, in Warnemünde. Auch dort liegen die schwimmenden Riesen gleich hinter dem Bahnhof. Ich erwartete von Warnemünde ein kleines Küstenstädtchen, umso erstaunter war ich über das seltsame Hochhaus, das ich beim Verlassen des Zuges erblickte. Bis das Hochhaus ein markerschütterndes, tiefes Horn erklingen ließ und sich zitternd in Bewegung setzte. Da erst begriff ich: Das ist ein Schiff. Es sind schon beachtliche Dimensionen, auch wenn mich dieser Schiffstyp sonst eigentlich nicht besonders interessiert.

Während der Kieler Woche wird einem jedoch so ziemlich jeder Schiffstyp geboten; man kann gar nicht so schnell gucken, wie wirklich alles, was schwimmen kann, an einem vorbeifährt und -segelt, es ist ganz fabelhaft. Ich klebe an der Reling und werde mit dem Begeistertsein gar nicht fertig. Majestätische Grauschiffe jeder Nation und Ausführung: Zerstörer, Fregatten, Tender, Minensuchboote. Windjammer, Segelboote, Yachten, Tanker, Containerschiffe. Arbeitsschiffe für alles Mögliche, dazwischen die grünen Schnellboote der Küstenwache. Kreisende Hubschrauber der Deutschen Marine. Ein alter Museumsdampfer lässt mit rauchendem Schornstein sein beeindruckendes Horn ertönen, ein entgegenkommender Schubfrachter, der lange Rohre geladen hat, antwortet. An den Ufern Hafenanlagen und mondäne Villen; in Möltenort kommt das Denkmal für die auf See gebliebenen U-Boot-Fahrer in Sicht: 30.000 von 40.000 deutschen Soldaten überlebten den

Krieg unter Wasser nicht. Dann endlich entdecke ich auch die Türme des Marine-Ehrenmals als Außenposten zur Kieler Bucht.

Von „Hässlich" finde ich keine Spur mehr, im Gegenteil: Hier, vom Wasser aus, erliege ich dem Bauwerk schon vom Weiten. Wie imposant es wirkt. Wie majestätisch. Wie würdevoll. Man möchte sich automatisch verneigen, und ich denke, dass man all der toten Seeleute nicht ehrenvoller gedenken könnte. Kriegsschiffe bieten dem Denkmal bis heute mit einem besonderen Manöver („Front") im Vorbeifahren eine Ehrerweisung. Ich liebe das Marine-Ehrenmal auf den ersten Blick, und dass Hitler von Kunst keine Ahnung hatte, ist ja auch wirklich kein Geheimnis.

Gleich Morgen, nehme ich mir vor, werde ich es besichtigen. Ein Rechercheauftrag in Familiengeschichte liegt vor mir; heute aber, denke ich, ist erstmal Urlaub.

Das Ostseebad Laboe empfängt mich mit seinem hübschen Wappen an der Seebrücke; einem Schwan auf blauem Grund. Das Wappentier fußt auf dem ersten, aus dem Ostseeslawischen überlieferten Namen „Lubodne" — Schwanenort. Aus diesem überaus idyllischen Namen für ein kleines Fischerdorf am Westrand der Probstei entwickelte sich später „Laboe". „Laboe, das klingt aber elegant", sagt eine ältere Dame zu ihrer Begleitung, „wie eine Oper". „Du meinst La Bohème", ewidert diese, und ich kann mir ein Grinsen nicht verkneifen. Aber elegant klingt er schon, der Schwanenort: In welcher Sprache auch immer.

Im Hafen liegt der Rettungkreuzer „Berlin", dessen aktueller Vormann genauso heißt wie der derzeit Regierende Bürgermeister von Berlin.

Von dort aus fällt der Blick gleich auf den weißen Sandstrand mit den Strandkörben, ein paar Restaurants, Fischbuden und helle Gebäude, von denen einige sogar einen gewissen Bäderarchitektur-Anklang haben: Hier ahnt man sie, die Ostsee. Denn elegante Seebäder, wie man sie noch auf Rügen oder Usedom findet, haben wir in Ostfriesland nun wirklich nicht.

Unter der niedrigen Mauer, welche den Strand von der Promenade trennt, türmen sich duftende Rosen. Schön hier, denke ich, während ich mit meinem Rollkoffer Richtung Ehrenmal poltere, wirklich schön hier.

Am Ehrenmal angekommen, hebe ich den Kopf: Die Türme ragen in das einzige Fleckchen Blau zwischen dramatischen Wolken, während sich erstes Abendrot mit weichgoldenem Schein über die glitzernde Förde breitet. Auch mein Hotel bietet diese imposante Aussicht.

Ich hatte erwartet, das ich mich von der Gegenwart des riesigen Denkmals in irgendeiner Form bedrückt fühlen würde, aber das Gegenteil ist der Fall: Ich fühle mich von dem 85 Meter über Ostseeniveau in den Himmel aufragenden Bauwerk auf eigenartige Weise sogar beschützt und getröstet — Hoch aufstrebend in die Wolken und doch fest verbunden mit der Erde.

Doch, denke ich. Ich wollte hier hin. Wahrscheinlich wusste ich es einfach nur nicht. Am Horizont schiebt sich ein Frachter in den verglimmenden Sonnenrest.

Ehrenmal

Blaues Licht liegt über der Kieler Bucht, als ich am Morgen viel zu früh erwache und die Vorhänge in meinem Hotelzimmer aufziehe. Die Hornveilchen im liebevoll bepflanzten Balkonkasten wiegen ihre Köpfchen im Wind. Noch ist der Eingang zum Marine-Ehrenmal verwaist; erst in zwei Stunden wird eine uniformierte Angestellte das Tor aufschließen und in dem kleinen Museumslädchen, in dem man auch die Eintrittskarten kaufen kann, ihren Posten beziehen.

Aufregung macht sich breit. Im Marine-Ehrenmal sind die Namen aller auf See gebliebenen deutschen Soldaten beider Weltkriege in Gedenkbüchern verzeichnet; aber auch den Verstorbenen der zivilen Seefahrt und der Seeleute anderer Nationen wird dort in Ehren gedacht.

Ich gehe heute auf die Suche nach meinem Urgroßonkel Max; untergegangen mit der SMS Scharnhorst, am 8. Dezember 1914 vor den Falkland-Inseln.

Ein Foto, aufgenommen 1914 in Flensburg, zeigt ihn in der kaiserlichen Marine-Uniform eines Obermaaten: Neben ihm seine aus dem Kieler Raum stammende Frau Hanni, die nicht nur ihren Mann, sondern einen Krieg später auch ihr einziges Kind an die See verlieren sollte. Das Schicksal dieser — meiner — Familie berührt mich, seit ich davon erfuhr, und nun suche ich nach Bestätigung unserer Geschichte.

Im Frühstücksraum des Restaurants hebe ich meinen Blick zum Turm: Gleich ist es soweit. Werde ich Onkel

Max finden? Und, vor allem: Werde ich mich da rauf trauen? Ich leide unter erbärmlicher Höhenangst.

Wenigstens 45 Meter nehme ich mir vor; mindestens 45 Höhenmeter Turm muss ich schaffen. 45 Meter misst der Großmast der Gorch Fock, meines Lieblingsschiffes. Wenn da junge Kadetten bei Seegang und Dunkelheit raufkönnen, werde ich es doch wohl eine unbewegliche Betontreppe hinaufschaffen, Angst hin oder her: Das ist ja nun das Mindeste!

Irgendwie nagt es ja doch, dass ich mich selbst nie bei der Marine beweisen durfte. Vielleicht wäre ich dann früher autark geworden. Und weniger verletzlich. Und immerhin ist so ein Schiff auch einer der wenigen Plätze, wo es von Vorteil ist, als Mann klein zu sein — Wäre da nicht die Sache mit der Höhenangst.

Nun also der Turm: Komm, sage ich mir. Für Onkel Max. Ich schaffe das. In Wirklichkeit verende ich jetzt schon vor Angst.

Die androgyne, junge Frau hinter dem Kassentresen des Ehrenmals ist auf liebenswürdige Weise schüchtern, aber sofort sehr hilfsbereit, was mir erleichtert, meinen Wunsch nach Einblick in die Gedenkbücher vorzutragen: Schließlich geniere ich mich immer fürchterlich dabei, andere Menschen um Gefallen zu bitten — da ist es schon tröstlich, wenn auch die anderen nicht immer geborene Kommunikationskanonen sind. Sie selbst könne den Eingangsbereich leider nicht verlassen, sagt die Frau mit den mandelförmigen Augen und dem hübschen dunklen Kurzhaarschnitt, aber sie würde einen Kollegen informieren. Ich könne mich derweil ja schon einmal umsehen. Das tue ich sehr gern, wenn auch mit zunehmend klopfendem Herzen.

Der Turm rückt näher. Zunächst aber lasse ich mich von der Wirkung der Außenanlage des Ehrenmals vereinnahmen. Exponate internationaler Marinegeschichte und Gedenktafeln zu Ehren Gefallener anderer Nationen unterstreichen die Bedeutung des Areals für Aussöhnung und Völkerverständigung. Der säulenumkränzte, 7000m2 große, runde Innenhof aus Wesersandsteinplatten stimmt mit seiner Leere demütig: Ich fühle mich klein angesichts der beeindruckenden Weite des Platzes und der Weite der zwischen den Säulen hervorschimmernden Ostsee. Von der Historischen Halle gegenüber des Turmes aus nehme ich mein Projekt in Angriff: Erst Turm, denke ich, dann Onkel Max. Als Belohnung quasi — erst das Grauen, dann die Bücher. Aber so kommt es nicht.

Als ich die Klinke zur Eingangshalle schon in der Hand halte, spricht mich ein weiterer Angestellter an: Ihm sei meine Bitte um Einsicht in die Bücher ausgerichtet worden, der er gerne nachkäme.

Auch er ist recht jung, aber mit tadellosen Manieren und ebensolcher Uniform. Er stellt sich namentlich vor und begrüßt mich sogar mit Handschlag, was ich nicht erwartet hätte, mich aber freut. Sein ganzes Auftreten ist so respektvoll und höflich, als hätte ich den frischen

Verlust eines Angehörigen zu betrauern anstelle des Ertrinkens eines Verwandten vor 102 Jahren, den ich aus naheliegenden Gründen nicht einmal persönlich kannte: Es beeindruckt mich sehr und stimmt mich in gewisser Weise feierlich.

Das hier ist ein besonderer Moment, ahne ich, und schärfe meine Sinne. Ich nenne dem freundlichen blonden Archivar die Namen von Schiff und Onkel, und er begibt sich auf die Suche, während ich in der Ehrenhalle warte.

In der Halle riecht es nach Steinen, erloschenen Kerzen und Blumen. In zwei goldenen Vitrinen liegen die Gedenkbücher für die 35.000 auf See gebliebenen Soldaten des Ersten Weltkrieges. Darüber ein schlichtes Eisernes Kreuz. In die anderen Wände sind die Reliefs und Zahlen aller in den Weltkriegen verlorenen Schiffe und U-Boote eingelassen. Die gigantische Zahl schnürt mir schon jetzt die Kehle zu.

Wenige Augenblicke später kehrt der Angestellte zurück, schließt eine der Vitrinen auf und beginnt, weiß behandschuht, zu blättern. „Hier ist das Schiff" sagt, er. Nun suchen wir den Onkel. Ich kann dank der Geburtstagskarten meiner Oma auch noch Sütterlin lesen und entdecke meinen Urgroßonkel zuerst: Ganz unten steht er, in der mittleren Spalte zwischen seinen toten Kameraden. Maximilian Brandt. Keiner der 860 Männer an Bord des Großen Kreuzers SMS Scharnhorst überlebte. „Da ist er! Da ist Onkel Max!" rufe ich aufgeregt aus. Es ist bewegend. Dort steht sein Name, handgeschrie-

146

ben auf vergilbendem Papier. Er hat kein Grab, denke ich. Aber er hat einen Namen: Dort steht er. Und er hat immer noch Familie. Er hat mich. Es macht mich traurig, ehrfürchtig, und auch ein bisschen Stolz zugleich, nun ein Teil dieses wunderbaren Ehrenmals zu sein, mit irgendeinem Atom meines Obermaat-Brandt-Nachfahren-Blutes.

Der hilfreiche Archivar tritt empathievoll einen Schritt zurück. Ich sammele mich einen Moment und bedanke mich herzlich. „Ich lasse das Buch jetzt auch an dieser Stelle aufgeschlagen" sagt der Mann und ich könnte heulen vor Rührung. Jetzt wird also nicht nur der klägliche Rest meines eigenen Clans wissen, dass es einmal einen Maximilian Brandt an Bord der Scharnhorst gegeben hat, sondern auch jeder künftige Besucher des Ehrenmals — bis jemand anderes nach einem Familienmitglied sucht. Und ein bisschen mildert das tatsächlich auch den Gedanken an seinen schrecklichen Tod.

Kurz darauf bin ich wieder allein in der Ehrenhalle; so früh am Morgen gibt es nicht viele Besucher. Ich bin noch zu bewegt für die Turmbesteigung und steige darum als erstes in die Tiefe: In die Gedenkhalle, in der auch heute noch Kranzniederlegungen an marinehistorisch bedeutsamen Tagen sowie Trauerfeiern für im Dienst verstorbene Angehörige der Deutschen Marine stattfinden.

Die meisten Kränze stammen von Marinekameradschaften oder anderen Organisationen, aber dann entdecke ich auch frische Zeugnisse privater Trauer. Ein gerahmtes Foto zeigt einen jungen Kapitänleutnant, lächelnd in seiner schönen Uniform. Wir vermissen dich, steht auf einem Trauerband daneben. Der junge Soldat hieß wie du. Deinen Namen auf solch einem Band zu lesen, spült mir den zweiten salzigen Frosch des Tages in den Hals. Es ist so schwer, jemanden zu verlieren, den man liebt. Der noch so viel zu erleben hatte. Dessen Eltern nun das eigene Kind zu Grabe tragen mussten. Es ist so unvorstellbar traurig, dass auch in Friedenszeiten immer noch Menschen so jung sterben müssen, denke ich. Aber Seefahrt ist und bleibt halt auch in Friedenszeiten ein gefährlicher Job, und Arbeitsunfälle passieren. Im meinem Inneren türmt sich schwere See. Drei begutachtete Trauerstätten später gibt mir eine Kinderzeichnung mit krakeligen Herzchen und dem Wort „Papa" den Rest. Meine Augen melden Land unter. Hinter der Bank, auf die ich mich setzen will, hängt ein Relief der Scharnhorst 2, welche ihrem Vorgängerschiff sehr ähnlich sieht. Die mühsam in Schach gehaltenen Tränen fallen. Durch ein Kirchenfensterartig gestaltetes, rundes Oberlicht aus buntem Glas fällt diffus-weiches Licht in die Gedenkhalle; von irgendwoher dringt leise Orgelmusik, wahrscheinlich Bach. Die Trauer ist überall. Ich ziehe mich gesenkten Hauptes zurück.

Nun also, der Turm. Was sollte mich schon noch erschüttern? Ich erklimme die ersten Treppen und recke den Kopf. Durch die Scharten des gewaltigen Hohlraums im Inneren des Turmes strahlt Sonnenlicht, das Gurren und Flügelschlagen der auf den Simsen nistenden Tauben hallt vielfach verstärkt von den Wänden wider; auch das Heulen des Windes und die nahe Brandung sind überdeutlich zu hören. Fast erwartet man, auch Gefechtsfeuer und die Stimmen der Sterbenden zu vernehmen: Erneut ein ergreifender Moment. Eine Möwe schreit.

Ich kapituliere auf ungefähr der Hälfte des Weges. Ein, zwei Treppen hätte ich noch hoch geschafft, aber der Gedanke daran, auch wieder runter zu müssen, zwingt mich dazu, irgendwann umzudrehen und in den Hohlraum hinabzublicken. Mir wird auf der Stelle übel und ich schwanke, als befände ich mich tatsächlich in den Wanten der Gorch Fock anstelle des Treppenhauses im Marine-Ehrenmal. Das hätte Onkel Max nun wirklich nicht verdient, denke ich, und ich beschließe, lieber abzusteigen, als auf sein Andenken und das seiner Kameraden zu speien. Am Fuße des Turms wartet ein Aufzug. Ich mache drei Kreuze, dass dieser leer ist, denn sobald die enge Kabine nach oben ruckelt, befällt mich auch hier wieder Panik: Die digitale Anzeige der eroberten Höhenmeter an der Fahrstuhlwand tut ihr Übriges. Sieh nicht hin, sage ich mir, aber letztlich starre ich die Zahl dann doch die ganze endlose Fahrt lang an wie ein Reh den Scheinwerfer.

Die Türen öffnen sich. Zum höheren Turm ginge es nun nur per Treppe weiter, aber ich weiß, dass ich das nicht schaffe. Also muss die niedrigere Plattform reichen. Ich bin dankbar für die hohe Brüstung und das übermannshoch angebrachte Gitter. Nur die Wand entlang nach oben oder gerade nach unten sehen darf ich nicht. Der Blick in die Weite indes ist spektakulär: Sie ist so schön, die See, trotz all des Leids und all der Seelen auf ihrem Grund. Westlich der Förde blüht die Probstei mit ihren Wäldern, Wiesen und Seen. Irgendwo im Nordosten liegt Flensburg. Von dort aus stach Onkel Max ein letztes Mal in See. Von dort stammt der Mensch, den ich liebte. Also fließt hier in der Ostsee wieder alles zusammen, denke ich. Seine Geschichte, meine, und auch ein bisschen deine.

Ich mache Fotos und besichtige die Ausstellung in der Historischen Halle. Die Konzentration fällt schwer. Vor dem Verlassen des Geländes stecke ich einen Geldschein in eine als Sammeldose konstruierte Nachbildung des Turms, für den Erhalt des Ehrenmals und seiner Bücher. Ich hatte noch Pläne für diesen Tag. Aber ich weiß nicht, wo ich ansetzen soll, um nach diesem Vormittag in den Urlaubsmodus zurückzufinden. Ich kann jetzt kein Eis kaufen, denke ich, oder bunte Souvernirs ansehen. Also treibe ich ziellos durch den Ort, bis ich an einer Kirche lande. „Anker Gottes" heißt sie, ein schöner Name. An ihrer Backsteinmauer blühen Rosen. Drinnen entzünde ich Kerzen: Für meine Eltern, Max, dich. Und für die Seelen der Matrosen.

Möltenort

Die Fähre in Richtung Kiel ist am nächsten Morgen so voll, dass nicht einmal alle Wartenden mitgenommen werden können. Umso erstaunlicher, dass der junge Schiffsmechaniker an Bord gar keinen gestressten Eindruck macht. Zu fast jedem Gast hat er einen netten Spruch auf den Lippen und ist dabei nicht bemüht-witzig, sondern sehr charmant. Auch mich spricht er an, als ich ihm interessiert beim routinierten Verstauen der Tampen zusehe. Ob ich auch zur See führe, möchte er wissen, und deutet auf den Anstecker der Langeooger Schifffahrt an meiner Jacke. Leider nicht, antworte ich, das sei nur das Geschenk eines Seemanns. „Aber bei der Marine gewesen sind Sie doch sicher, oder?" Ich bedauere: Seeuntauglich. „Aber wo haben Sie denn dann gedient? Heer, Luftwaffe?" Kurz sehe ich mich, kurzsichtig wie ein Maulwurf, im grauen Fliegeroverall und muss lachen. „Nirgends", sage ich, „ich durfte nicht." Er sieht mich etwas verständnislos aus vereinnahmend tiefseeblauen Augen an, und so setze ich schnell ein „Ganz untauglich" hinterher, „Leider".
Der Mechaniker hat ein jungenhaftes, zarthäutiges Gesicht, das ihn wahrscheinlich jünger macht, als er ist, und schöne, dichte Haare. Ich finde ihn niedlich und es fällt schwer, ihn über meine Vergangenheit anzulügen. Aber jedes bessere Leben hat seinen Preis: Das hier ist meiner. Ich lenke ab, indem ich ihn nach seinem eigenen Wer-

degang frage, und so plaudern wir, bis er sich auf das nächste Anlegemanöver vorbereiten muss.

In Möltenort steige ich ab. Auch hier bleiben Menschen, die eigentlich nach Kiel wollten, am Kai zurück. Ich aber bin am Ziel meines Ausfluges: Dem 1930 eingeweihten U-Boot-Ehrenmal in Heikendorf, das an der engsten Stelle der Kieler Förde auf der Möltenorter Schanze errichtet wurde. Von 40.000 Deutschen Soldaten überlebten mehr als 30.000 den Zweiten Weltkrieg unter Wasser nicht; auch Zehntausende alliierter Seeleute starben. Der Erste Weltkrieg kostete fast 4.800 U-Boot-Fahrer das Leben; insgesamt gingen 939 Schiffe auf deutscher Seite verloren. Dieser Seemänner wird hier in Möltenort auf 115 bronzenen Namenstafeln gedacht. Einer davon war das einzige Kind von meinem Urgroßonkel Max und seiner Frau Hanni: Arno.

Mir schwant, dass das Unternehmen, seinen Namen hier im Ehrenmal zu finden, etwas schwieriger wird als das Aufspüren seines ebenfalls auf See gebliebenen Vaters, und große Hoffnungen habe ich nicht. Die einzige Verwandte, die Arno noch lebend kannte, erinnert sich nämlich leider weder an dessen Geburtsjahr, noch an Schiff oder Todesdatum. Da Max 1914 starb, kann ich das Geburtsjahr auf „spätestens 1915" eingrenzen, aber sonst habe ich absolut nichts.

Über der Gedenkstätte ragt eine Säule mit einem Adler in den wolkenverhangenen Himmel. Unter dem Adler ist das Abzeichen der U-Boot-Fahrer angebracht und seine Flügel strecken sich für mich nicht stolz, sondern in anklagender Verzweiflung in den Himmel. Leider war unter dem Abzeichen früher ein Hakenkreuz: Die Reste erkennt man bei genauem Hinsehen bis heute; ein leichtes Schaudern befällt mich.

Ansonsten erinnert das U-Boot-Ehrenmal in seiner expressionistischen Architektur an das Ehrenmal in Laboe: Es ist schlicht, aber in seiner Schlichtheit ergreifend. Die Gedenktafeln sind an den Wänden einer halbkreisförmigen Schlucht angebracht, an deren Enden jeweils eine kleine Trauerhalle mit Kränzen, Kerzen, Informationen zur Angehörigensuche und Gedenkbüchern liegt. Um dorthin zu gelangen, muss man automatisch eine demütige Haltung einnehmen, denn es geht erst einmal treppab durch eine niedrige, eisenbeschlagene Tür. Ich sichte umgehend die Informationstafel, dann schreite ich das erste Mal die Schlucht mit den Tafeln ab. Die U-Boot-Nummern reichen von U1 bis U1007: 30.003 Namen. 30.003 Lebensgeschichten. Keine U-Boot-Nummer, kein Arno, dämmert es mir und ich plane, das Vorhaben aufzugeben. Dann aber packt mich der Ehrgeiz. Egal, sage ich mir: Ich habe Urlaub. Ich habe Zeit. Ich finde den jetzt!

Immerhin stehen die Namen mit B kurz hinter der U-Boot-Nummer. Ich sichte sie alle. 115 Mal gehe ich in die Knie, um auch am Tafelrand nichts zu übersehen, 115 Mal drücke ich vorsichtig Blumen zur Seite, um die dahinter liegenden Namen lesen zu können. Es beginnt zu regnen; kurz darauf scheint wieder die Sonne. Die Bronzebuchstaben gleißen im Licht, was ein Entziffern zusätzlich schwierig macht. Ich gebe nicht auf. Bohn, Böhmke, Brinkmann. Kein Brandt. Bauer, Bruns, Burmester. Viele Zeilen B auf den Besatzungslisten der größeren Schiffe. Aber kein Brandt. Arnold als Nachname, gefolgt von Berger, Cohrs, Ehlert auf den kleinen Schiffen mit nur wenigen Mann Besatzung. Davor die Kürzel ihrer Dienstgrade. Kein Brandt. Doch da! — Behrend, Benthin, Brandt: Endlich. Aber der falsche Vorname. Ich finde noch weitere Brandts. Erich Brandt, Christian Brandt, Arnold Brandt. Vielleicht nur falsch geschrieben? Aber das Geburtsjahr, 1922, von Arnold haut nicht hin. Hans Brandt, Herrmann Brandt. Vielleicht war Arno nur ein Zweitname? Viele hießen doch damals Heinz-, Hans- oder Herrmann-Irgendwas, und der zweite Vorname war dann der Rufname. Ich rufe meinen Vater an, der übrigens Hans-Joachim heißt. „Nein", sagt dieser, „meines Wissens hieß er einfach nur Arno". Es ist heiß geworden; die Sonne brennt jetzt richtig. Irgendwelche Insekten fallen mir in den Nacken, meine Knie schmerzen. Ich muss elendig dringend aufs Klo. Ich merke mir U876 und hechte nach oben: 130 Schiffe noch, gleich suche ich weiter. Kein Busch nirgends, aber direkt hinters Ehrenmal pieseln, das geht aus Pietätsgründen beim besten Willen nicht. Also Einhalten und wieder runter. Ich quäle mich frustriert durch die letzten Tafeln. Arno Brandt finde ich nicht, auch nicht auf den Tafeln mit den Nachträgen: Die letzte wurde 2012 angebracht. Ich bin enttäuscht. Gerne hätte ich Vater und

Sohn gefunden auf meiner Reise, aber so bleibt wohl zumindest der Sohn für immer verschollen in den Tiefen einer mir unbekannten See. Nach 3 Stunden erfolgloser Suche breche ich das Projekt ab.

Am wirklich hübschen, gepflegten Strand von Heikendorf planschen Menschen in der fast karibisch türkis schimmernden Förde. Ich renne zum nächsten Klohäuschen, danach geselle ich mich dazu. Es ist wunderbar idyllisch: Sonne, Seegelboote, Sand.

Nur mein Seelenfrieden wird wechselhaft wie das Wetter.

Nackt

Wenn man den Sommer auf Langeoog sucht, findet man ihn am Flinthörn. Auf dem gleichnamigen Naturlehrpfad im Westen der Insel, von dessen Ende aus man nach Baltrum hinübersehen kann, birst die Natur vor Blüten, Gräsern, Sträuchern. Weiches, kurzblättriges Gras wechselt sich als Bodendecker mit flachen Sandmulden ab, sodass man den Weg am besten (und sinnlichsten) barfuß erkundet. Und fast immer ist man hier nahezu allein, von den regelmäßig stattfindenden Naturführungen einmal abgesehen. Es ist schön, wieder hier zu sein. Ich bin nicht oft am Flinthörn, weil es von meinem Wohnort im Ostteil der Insel doch recht weit entfernt ist und die schönste Strecke dorthin über die

Deiche führt: Mit meinem alten Fahrrad bei Gegenwind kein uneingeschränktes Vergnügen. Die Alternativstrecken durch Wald und Hafenstraße indes sind landschaftlich eher langweilig. Heute jedoch sind die Bedingungen ideal, es herrscht kaum Wind und die Luft ist mild.

Die Deiche wurden lange nicht gemäht, und so bahne ich mir meinen Weg durch unzählige Schmetterlinge, Kornblumen, Kleeblüten, Kreuzkraut und Strandnelken. Ab und zu halte ich an, um meine Beine nach Zecken abzusuchen: Die kurze Hose anzuziehen, wenn man durch hohes Gras streift, war eine saublöde Idee, aber ich verdränge eben gern, dass in Schönheit auch oftmals Hässliches lauert.

Am Naturpfad angekommen ist der Weg breiter und man kann sich, statt auf die Zecken, auf das Naturspektakel links und rechts des Weges konzentrieren, bis man nach einem kurzen Anstieg auf die Dünenkrone die Vogelbeobachtungshütte erreicht. Hier öffnet sich der Blick auf die Nordsee, die Nachbarinsel Baltrum und Felder glänzend wogenden Strandhafers. Der Strand scheint hier weißer als anderswo auf der Insel, was diesen Strandübergang zu einem besonders beliebten Fotomotiv macht.

In der Hütte nisten im Frühjahr Schwalben. Dieses Jahr bin ich zu spät dran und finde nur noch ihr verwaistes Nest. Dafür gibt sich aber fast jeder andere Vogel Langeoogs auf dem Weg am Flinthörn die Ehre. Ein Wiesenpieper sitzt wenig scheu auf dem zum Dünenschutz angebrachten Draht; auch als ich mich nähere, hüpft er gerade mal einen Strauch weiter, sodass ich immer noch sein hübsches, braun gezeichnetes Federkleid durch die Zweige sehen und das niedliche Piepen hören kann. Eine Singdrossel inszeniert sich noch weniger schüchtern: Hoch oben auf einem Strauch sitzend, erfreut sie Ohr und Seele mit ihrer schönen, klaren Melodie.

Es tut so gut, allein durch all diese Schönheit zu wandern. Diese wunderbare Natur, die einen mit allem Reichtum des Sommers überschüttet, ohne dafür irgendetwas zurückhaben zu wollen, außer vielleicht ein bisschen Respekt, die ihr leider nicht jeder Wanderer zollt: Müll am Wegesrand erzählt davon. Auf jeden Fall ist der Natur egal, wie man aussieht, wie alt man ist, ob man Geld hat oder Flecken auf der Landkarte seiner Vergangenheit; man könnte sogar nackt herumlaufen, mit all seinen Defiziten oder dem, was die Gesellschaft für defizitär hält, und trotzdem würde sich keine Lerche, keine Dünenrose angewidert abwenden. Sie wären da, wie eh und je.

Wenn es doch auch mit den Menschen so einfach wäre, denke ich betrübt, aber oft genug überlebt man dort einfach nicht ohne Fassade. Menschen haben nunmal nicht die einfach gestrickte Unschuld der kleinen hübschen Kreatur da oben, denke ich weiter, während ich der Drossel lausche und an die Nachtigall denke. Menschen haben Erwartungen. Menschen enttäuschen oder sind enttäuscht. Menschen urteilen. Und so kann ich mich eben nicht einfach auf einen Strauch setzen und singen, wie mir das Herz befiehlt; man muss seine Töne wählen: Mit Bedacht.

„Du bist so etwas Besonderes", sagt eine Bekannte, und ich ahne, dass das vermutlich nett gemeint ist, aber zugleich denke ich: Wenn du wüsstest. Wenn du wüsstest, wie sehr ich mir als Kind, als Jugendlicher gewünscht hätte, einfach nur so zu sein wie alle anderen. Aber immer war da diese Wand. Immer war da niemand, der sah, was ich sah. Immer schaute ich durch eine Glasscheibe den anderen beim Spielen zu, irgendwie dabei, aber irgendwie keiner von ihnen. Ich wusste nur, dass ich da, wo ich sein sollte, nicht hinpasste: Und die anderen wussten das auch. Immer war man fremd. Und dann irgendwann halt einfach gleich lieber allein, mit der Fremden in sich.

Letztens kam das Kind meiner Vorgesetzten freudestrahlend mit seinem Zeugnis: Eine Eins in Sport, der Rest so Naja. Ein hübscher Junge, beliebt. Reicht doch, denke ich. Wenn man in der Schule nicht so mies ist, dass man sich quält, aber auch nicht so gut, dass die anderen einen quälen (außer in Sport, da wird man fürs Gutsein nie geqält), und dazu noch gut aussieht, ist das doch die halbe Miete. Wenn man so ist als Kind, denke ich, bekommt man sicher genug Selbstwertgefühl mit, um später auch mit einem schlechten Abitur noch Jobs in einer Gehaltsklasse einzuheimsen, bei der man sich nicht zwischen neuem Fahrrad oder Urlaub entscheiden muss. Als Kind wäre ich gern so gewesen — selbst wenn ich heute durchaus zufrieden und versöhnt mit dem bin, was ich trotz allem erreicht habe.

Es führen viele Wege nach Langeoog, und so habe ich es ja doch noch hinbekommen, das gute Leben. Trotzdem steckt in diesem Wort „Besonders" für mich auch heute noch nichts Positives, sondern der Außenseiter, der Freak, der Andere. Und dann gibt es da diese ekligen Blasen all der kleinen Demütigungen in der Vergangenheit, die durch ein einziges Wort aus dem Schlamm des Vergessens an die Oberfläche gespült werden, wo sie stinkend platzen. Dagegen kommt auch der Duft der Dünenrosen nicht an; ich habe keinen Sinn mehr für die Natur, als ich mir den Weg zurück bahne, ich, das einzige Stück, das in diesem Puzzle heteronormativer Bilderbuchwelten irgendwie immer draußen bleiben musste: Fehlproduktion. Ausgesondert.

Und plötzlich werde ich auch wütend. Auf den Berufsberater, dem ich in der 9, Klasse strahlend erzählte, dass ich Ethnologe werden wollte, um irgendwann für GEO zu schreiben. Der aber stieß nur ein bösartiges, meckerndes Lachen aus und meinte: Das schaffst du nie. Auf den Typen auf dem Arbeitsamt, der meinte: „Heiraten Sie doch einen reichen Mann" und mich kurzerhand zu „ungelernt und unvermittelbar" erklärte, weil er meinen Studiengang im Computer nicht finden konnte. Auf all die Leute, die beim Anblick meines Diploms nur den Mund verzogen und meinten „was willst du denn damit". Als dürfe es einfach keine Menschen geben, die Lebensläufe haben, die sich nicht mit einem Wort beschreiben lassen; von körperlichen Abweichungen vom Mainstream gar nicht zu reden.

Und dann immer dieses Abwägen, in wie weit man sich in seiner Abweichung öffnen darf. Und vor wem. Manchmal fasst man Vertrauen und ist kurz davor, damit sich die Leute nicht verennen in irgendeine Idee von einem, sondern begreifen können, was einen wirklich umtreibt, aber dann ist da irgendein Wort, irgendeine Geste, und das Vertrauen sickert wieder durch die Ritzen der Mauer, in die man gerade ein winziges Loch graben wollte.

Manchmal ist halt einfach nicht der richtige Zeitpunkt, denke ich. Manchmal ist es einfach zu früh. Und manchmal hätte es auch einfach keinen Sinn.

Ich lasse den Gedanken fallen. Auf dem Rückweg mache ich, innerlich sortierter, noch einmal Halt im Pirolatal. Der Strand ist menschenleer. Ich öffne das Hemd und fühle den Seewind auf der Haut, weich und schmeichelnd. Goldenes Licht ergießt sich über die Dünen, über meinen Körper. Der Natur sind Narben egal. Wie oft sieht man gerade aus Rissen im Boden die schönsten Blumen wachsen? Wie oft findet man zwar im Schönen das Hässliche, aber eben auch im vermeintlich Hässlichen das Schöne? Gestärkt fahre ich heim.

Ein Nachbar klingelt: Ihm sei das Spielzeug seiner Tochter auf meinen Balkon gefallen. Ich habe gerade geduscht und nur ein Handtuch um die Hüften. Ich überlege, ob ich überhaupt aufmachen soll, ihm meinen Anblick zumuten, oder ob ich nicht besser sage: Kommen Sie später wieder. Aber dann denke ich: Scheiß drauf. Ich habe nichts zu verstecken. Gott, denke ich weiter, hat sich bei allem etwas gedacht. Sogar bei Narben, seien sie auf der Seele oder sonstwo. Mich stört so etwas bei anderen schließlich auch nicht. Der Nachbar indes sieht mich an wie alle heterosexuellen Männer andere Männer ansehen, auch wenn sie halbnackt sind: Nahezu gar nicht. Er nimmt das Spielzeug entgegen, entschuldigt sich für die Störung und dankt. Ich schließe erleichtert die Tür.

Vielleicht, denke ich, gehe ich diesen Sommer sogar einmal baden. Als einer von vielen. Als niemand, der anders ist. Als niemand Besonderes.

Bühne

Und dann steht man am Meer wie auf einer großen, leeren Bühne, und die untergehende Sonne taucht einen in goldenes Licht wie ein Scheinwerfer, den der Techniker auszustellen vergessen hat, obwohl die Show längst vorbei ist und niemand mehr hinsieht.

Das goldene Licht schmeichelt, die Schatten sind lang und machen einen größer, als man ist. Man selbst aber hockt längst am Bühnenrand und wischt sich Schweiß und Schminke vom Gesicht, noch immer unfreiwillig im Zentrum des Geschehens, während Staubflocken in den Lichtstrahlen tanzen.

Es ist dunkel in dem Theater, und wahrscheinlich ist auch niemand mehr da, aber man sieht das nicht, weil dieser verdammte Spot einem eben ins Gesicht leuchtet, und da liegt das Problem: Man kann immer nur ahnen, was die anderen sehen. Man kann nicht wissen, was einem gelingt. Denn für das eigene Leben gibt es keine Generalprobe und keine Zweitbesetzung, die man sich in Ruhe anschauen könnte und dann sagen: Die Szene mit ihm, das machen wir neu, und die Szene mit ihr, die streichen wir ganz, das ist irrelevant. Und diese Episode, spiel das aufrechter, tritt ab in Würde.

Ich schminkte mich das letzte Mal, dann würde ich mich nie wieder für irgendjemanden schminken. Dann wäre es vorbei, und ich träte ins Licht des Tages, während sich der Staub auf die erloschenen Scheinwerfer legte. Ich mochte die Bühne nie. Ich weiß nicht, warum ich jemanden liebte, der dafür lebte. Vielleicht, weil ich wissen wollte, wie er ist, wenn die Lichter ausgehen. Er war so klein, wenn er nicht da oben stand. Und auf so viele Arten so viel größer. Es ist doch schöner draußen.

Langsam weichen die Wände, die Bretter, der Staub meiner Vorstellung. Ich bin nicht mehr am Theater. Ich bin am Strand, wo sich alles gut anfühlt, frei und richtig. Jetzt ist das Meer mein Freund, auch wenn es nicht so schön singt. Ein Schwarm Seevögel rast durch die Sonnenglut über der Brandung.

Es ist so schwer, denke ich, diese elende Projeziererei. Dass Leute einen zwei Tage lang sehen und dann meinen, einen von Grund auf verstanden zu haben, all das Gute, Schöne, Wahre. Und man wehrt sich und strampelt, weil man diese Rolle nicht will, dieses kitschige, kratzende Kostüm, man hat es doch schon tausend Mal durch, diese Scheiße, aber es ist aussichtslos, und so bleibt nur einmal mehr die Flucht, aus dem Theater ins Leben. Menschen sind schwierig. Am Meer ist vieles leicht.

„Wie hältst du das bloß aus, es muss doch furchtbar sein als Single", fabuliert die Bekannte mit süßstoffklebrigem Wimpernklimpern und aufgesetztem Mitleid, um gleich triumphierend ein „also, ich war ja nie länger als einen Monat Single, es muss doch schlimm sein, nicht geliebt zu werden!" hinterherzuschieben. Meine Mundwinkel verziehen sich in latentem Ekel. „Meine Beziehungen waren eigentlich alle schlimmer als das Alleinsein", sage ich, mich zugleich ärgernd, dass ich überhaupt auf das Thema eingehe, aber man will ja noch höflich sein, irgendwie. Und außerdem ist das die Wahrheit: Sie waren schlimmer — Entweder für mich oder für den anderen. Ich bin ein beschissener Partner, aber auch das ist okay: Es eignet sich nunmal nicht jeder für Zweisamkeit.
„Man ist auch allein ein vollwertiger Mensch" sage ich der Frau streng, „und ich habe es satt, dass man als Alleinstehender immer für irgendwie defizitär gehalten wird und sich dafür rechtfertigen soll, für eine miese Ehe muss sich schließlich auch keiner entschuldigen!"
Mir fehlt emotional nichts, denke ich, und auch das ist die Wahrheit, seit ich auf Langeoog bin, aber ich habe

keine Lust, mich weiter vor dieser selbstgefälligen Person mit ihrer albernen Attitüde zu verteidigen, also hake ich die Sache vorerst ab.

Später frage ich mich, ob dem wirklich so ist, ob ich mir nicht doch etwas vormache, und rühre im Fass meiner Erinnerungen an dich herum, aber: Es ist so. Es war schön, deine Stimme zu hören. Es war schön, dich in den Armen zu halten. Es war schön, wenn ich nach der Vorstellung an deiner Schulter lehnte und du mir durchs Haar strichst. Es war schön, deine Hand zu halten, die so klein war wie meine. Aber es geht mir nicht schlechter ohne das. Und Liebe, jenseits der erotischen, findet man auch anderswo: In guten Freunden. In unerschütterlich treuen, lieben Eltern. In Büchern. In Schönheit, Musik und Kunst. In der Hoffnung. In einem Haustier. Im Garten. in Gott. Und vor allem: In sich selbst.

Ich bin heilfroh, als ich aufs Rad steige und wieder allein bin. So schön friedlich, denke ich. Ich will nur hier sein. Nirgendwo sonst. Das irdische Dasein ist so schnell zuende. Was hat man von einem Leben, das zwischen A und B pendelt wie ein verirrter Zug? Was hat man von einem Leben, das man nur über andere definiert? Klare Verhältnisse sind wichtig, überall. Allzulange mäanderte auch ich nur herum, aufgerieben zwischen Schablonen, Erwartungen, Vorstellungen, Stereotypen. Nichts passte. Nichts blieb. Nichts hielt ich aus. Aber das hier, denke ich, während mein Blick über die silbern schäumenden Wellenkämme gleitet, das hier ist Ewigkeit. Das hier ist

Ruhe. Wunderbare, balsamische Ruhe. Aber dennoch herrscht kein Stillstand, denn mit den Gezeiten verändert der Priel seine Form, mit den Jahreszeiten der Dünenbewuchs seine Farben, und die Wolken türmen und glätten sich oder ziehen vorbei. Wir altern. Besucher kommen und reisen ab. Ich lernte dich kennen, liebte, ging. Hier werde ich bleiben.

Watt

Letztlich wurde es doch noch Hochsommer auf Langeoog. An den Strandübergängen gleißen Dutzende abgestellter Fahrräder in der Sonne, und schon von Weitem hört man das sommerliche Treiben ihrer Besitzer_innen, die sich am Strand Bälle zuwerfen, Burgen bauen, in den bunt gestreiften Strandkörben dösen oder sich von der sanften Brandung der Nordsee kühlen lassen. Auch die Straßencafés sind zum Bersten voll: Im Dorfkern, der im Winter oft einem verwaisten Freilichtmuseum gleicht, tobt das Leben. Auch die Natur zieht zum Endspurt an: Meine Balkonblumen, welche die Tage nur noch bräunlich vor sich hinkümmerten, zeigen sich wieder in voller Pracht. In den Dünen konkurriert der leuchtende Fuchsiaton der Heckenrosen mit dem Signalrot ihrer reifenden Früchte.
Dazwischen Felder wogenden Strandhafers, durchsetzt mit gelb leuchtendem Kreuzkraut und zartrosafarbenen Strandnelken.

Es macht Freude, sich eine Weile durch all das treiben zu lassen, durch all das Tosen, durch all die Ablenkungen vom Einheitsgrau des Alltags.

Doch irgendwann kommt die Sehnsucht nach Stille. Nach Innehalten. Irgendwann wird es alles schnell, zu bunt, zu laut. Ein bisschen ratlos stehe ich da, dem flirrenden Treiben plötzlich nur noch wie ein Zuschauer beiwohnend. Das Verlangen nach der Natur, fernab der für die Menschen zurechtgemachten Strandabschnitte, meldet sich wie eine zarte, wohlklingende Melodie aus dem Lärm der Hochsaison und legt sich sanft, aber bestimmt darüber. War es denn nicht eigentlich genau das, weswegen ich vor Jahren nach Langeoog zog?

Diese Sehnsucht stillt das Watt. Auf den ersten Blick eine unscheinbare, graubraune Fläche, ist das Watt mit der vorgelagerten Salzwiese wohl einer der spannendsten und poetischsten Lebensräume, die wir hier auf der Insel finden können. Auch im Watt geht es turbulent zu; auch im Watt entdecken wir bei genauem Hinsehen Millionen von Farben, auch im Watt wird, wie überall, geboren, gekämpft, geliebt, gestritten und gestorben. Aber das Watt erzählt uns davon leise. Und vor allem erzählt uns das Watt auch von uns selbst.

Und nun stehen wir da, die Wattwandernden, mit den bloßen Füßen oder den Gummistiefeln im Schlick, und lauschen der Poesie des großen, glitzernden graubraunen Nichts. Die Hierarchien und Unterschiede, die uns im Alltag voneinander trennen mögen, sind hier im Watt so flach wie das Land.

Mag der Anfang einer Wattführung teils noch in Geschwätz untergehen, so packt einen spätestens angesichts der glitzernden Weite und der grandiosen Artenvielfalt die Ehrfurcht. Über uns spannt sich der Himmel in makelloser Bläue. Eine majestätische Formation Gänse zieht vorüber, ihre Rufe mischen sich mit dem silbrigen Gluckern der Priele, dem Rauschen der Nordsee, den unterirdischen Geschäftigkeiten der Wattwürmer und Schnecken; all das durchwoben vom Flüstern, Mahnen und Raunen des Windes.

Die Musik der Insel. Nirgends hört man sie so deutlich, wie hier draußen im Watt. Und ähnlich wie ein Opernbesucher in einer wirklich ergreifenden Vorstellung, wagt man kaum, sich zu rühren, zu husten, zu sprechen. Hier draußen, spürt man, ist der Mensch keineswegs die Krone zu Schöpfung. Klein sind wir vor der Natur, und doch so unfassbar reich von ihr beschenkt. Fast möchte ich sagen: geliebt, wenn man qua seiner Vernunft nicht wüsste, dass die Natur nicht lieben kann, aber vielleicht ist auch das von Vorteil: Denn sie bevorzugt auch niemanden. Im Watt sind wir gleich.

Und so stehen wir dort als eine wunderbare, sterbliche Kreatur unter vielen. Wir sehen das Watt, wir riechen, schmecken und hören es. Und wenn wir uns wirklich einlassen auf das Watt und die Natur, dann fühlen wir sie nicht nur unter unseren Füßen, sondern auch in uns: Dort, wo wir sie lieben können.

Es ist nicht meine erste Wattwanderung heute, und mit Sicherheit nicht die letzte. Aber immer verlasse ich das Watt in einer wohltuenden, demütigen Dankbarkeit — Ausgestattet mit neuer Kraft für den Lärm der Saison.

Trotzdem

Eigentlich machen bei mir vorm Haus am meisten die Elstern Rabbatz, aber heute schreien sich Möwen an auf dem Dach des Nachbarhauses, behacken sich mit den Schnäbeln, ich weiß nicht warum. Es sind zwei Männchen. Natürlich, möchte man meinen, ist doch allen Tierarten ein Maß an Aggression eigen, wobei jedoch der männliche Teil gemeinhin eher zur offenen Aggression und der weibliche zum leisen Giftmord (und sei es nur mit Worten) neigt, Ausnahmen die Regel bestätigend. Manche können beides.

Mit schnellem Flügelschlag jagen Schwalben vorbei.

Der hellgraue Himmel lässt Kälte vermuten, tatsächlich ist es aber schwülwarm und immer noch Sommer; auf den Straßen der übliche Lärm aus Fahrradgeklapper, Gekreisch und Gelächter, die bunte Kleidung der Touristen mit den aufblasbaren Tieren, Brettern und Sandspielzeugen unterm Arm ein hilfloser bis grotesker Farbtupfer in der Tristesse der gegenwärtigen Nachrichtenlage.

In München wohnte ich am Candidplatz in Untergiesing. Wunderbar war das, kein Vergleich zu Berlin in punkto Entfernungen. U-Bahn vor der Tür, 10 Minuten zur Arbeit und zum Hbf, 5 Minuten zu den schönen, grünen Isarauen mit dem glasklaren Fluss, und auch ein Supermarkt war gleich am Haus. Selbst das Glockenbachviertel mit den lauschigen schwullesbischen Cafés, die sonntäglich „geilen Kuchen" auf liebevoll von schönen Männern beschriebenen Tafeln offerierten, war fußläufig erreichbar. Dort machte ich meine ersten offen-queeren Gehversuche. Dort hatte ich, nach Ende des Volontariates und Antritt der ersten Stelle im Verlag, meine erste eigene Wohnung, die kein möbliertes Übergangsquartier war. Rückblickend denke ich, dass es eine schöne Zeit war, aus der ich wesentlich mehr hätte machen können, wäre ich nicht noch so absorbiert gewesen von inneren Kämpfen und amourösen Desastern; von zu spätem Erwachsenwerden und zu vielen Resten jugendlich-akademischer Überheblichkeit. Rückblickend denke ich, ich hätte München mehr würdigen können. Denn heute liegt über meinem Bild von München ein Trauerflor.

Die U-Bahn vorm Haus fuhr durch zum Olympia-Einkaufszentrum, und also war ich dort sehr oft, allein schon, weil ich vor den Einkäufen gern noch im Olympiapark spazieren ging oder im dortigen Bad schwamm. Oft kehrte ich zurück mit einem Bügelbrett unter dem Arm, Töpfen, Pfannen, also all dem, was man zur Ersteinrichtung einer Wohnung so braucht, und verschwendete keinen Gedanken daran, dass man den Weg mit seinen Tüten zur U-Bahn nicht überleben könnte. Auch mit meinen Eltern war ich dort, sicher haben wir dort ein Eis gegessen, wir essen in Einkaufszentren immer gern Eis und beobachten das Treiben. Gestern wurden neun Menschen, die dort ein Eis essen oder ein Bügelbrett kaufen wollten, erschossen.

Natürlich gab es 1972 schon ein furchtbares Attentat in München, und man könnte sich fragen: Wieso nimmt mich das eine mit, aber das andere nicht so? Vermutlich, weil ich 1972 nicht einmal geboren war. Weil ich das München von 1972 nicht kenne. Natürlich ist auch 2007 schon eine Weile her, ich war seither nie wieder dort, aber ich erinnere das Einkaufszentrum. Ich erinnere den Fußboden, von dem man gestern Blut wischte. Ich erinnere, dass auch München auf seine Weise schön war.

Und ich möchte mich nie wieder fragen müssen, ob meine Münchner Freundinnen und Freunde noch am Leben sind.

Heute gab es von allen Entwarnung, ich erinnere Tränen der Erleichterung und ich ahnte den Schmerz jener, die auf diese Entwarnung vergeblich hofften. Mehr als ahnen kann man ihn nicht.

Ich hatte gehofft, wir würden eine Generation ohne Krieg. Wir wären eine sorglose Generation junger Menschen, deren Eltern und Großeltern zwar die Erinnerung an das Grauen noch mahnend wachhielten, aber uns zugleich ein schönes Nest bereiteten, damit wir das Leben leichter nehmen konnten, als sie es kannten. Der es wirtschaftlich und gesundheitlich gut geht, damit sie — fernab existenzieller Nöte — genügend Raum zum

Träumen hat.

Der Traum ist vorbei. Kein Tag vergeht ohne Schreckensnachrichten; kein Tag ohne irgendwelche Radikalisierungen aus allen Richtungen, kein Tag ohne Angst vor Altersarmut, kein Tag, an dem nicht immer noch ein Mensch viel zu früh an Krebs stirbt, für den es immer noch keine Heilung gab, obwohl wir zugleich Fahrzeuge auf dem Mars aussetzen, und dazwischen all diese zermürbenden Kleinkriege. Wundert es da, dass man sein Heil auf einer Insel sucht?

Aber auch hier ist die schützende Blase dünn. Heute ist Dorffest. Ich möchte nicht hin, weil ich laute, wuselnde Menschenansammlungen immer weniger ertrage, aber ich habe einer Freundin versprochen, ihr ein Stück Charity-Kuchen abzukaufen, also schleiche ich mich durch die Nebenstraßen und an den Rückseiten der Buden vorbei zum Epizentrum des Tumults. Das Gift kalter Panik kriecht durch meine Venen, der Magen ein eisiger, fester Klumpen Lehm, der sich schon beim Gedanken an Essen dreht. Vielleicht, denke ich, lasse ich den Kuchen einpacken.

Vor dem Stand der Freundin spähe ich durch die Büsche. Sie ist nicht da. Vor dem Kuchenbuffet steht ein großer, dünner Mann und lacht laut mit zurückgeworfenem Kopf. Sein Adamsapfel hüft in dem sonnenverbrannten, überlangen Hals, und ich muss an ein Krokodil denken, das gerade eine Gazelle verschlingt, obwohl ich weiß, dass das neurotisch ist. Es ist ja einfach nur ein Mann, der lacht.

Heute ist kein Tag zum Ausgehen.

Zuhause schickt mir ein lieber Freund Bilder aus seinem Urlaub in Namibia. Der Anblick all der wunderschönen Tiere und Landschaften rührt mich, und ich bin ihm dankbar dafür. Hätte es denn all das Schöne auf der Welt verdient, vergessen zu werden angesichts all des Schreckens? Sollte Schönheit nicht immer über das Hässliche siegen, die Liebe über den Hass? Will ich zulassen, dass das von irgendwelchen Fehlgeleiteten (oder auch einfach nur sadistisch Gestörten) vergossene Blut meine Erinnerungen beschmutzt, an schöne Tage in Paris, in Brüssel, in München? Will ich die Erinnerung an den wunderbaren Kindergeburtstag bei den türkischen Nachbarn (ich gewann damals zwei Mark beim Vortanzen, die anderen 50 Pfennig) wirklich von Terroristen besudeln lassen, die zufällig auch Moslems sind? Auch in der Wohnung des Nachbarn lag ein Gebetsteppich, aber wir hörten Musik, und der Familienvater spielte und tanzte mit uns, auch mit den Mädchen, und half seiner Frau beim Kochen. Will ich beim Gedanken an Dresden nicht mehr den schönen Theaterabend vor Augen haben, an dem wir Oscar Wilde's „The Importance of being Ernest" sahen, und uns vor Lachen krümmten, nicht mehr die Sonnenaufgänge über der Kreuzkirche, sondern nur noch tumbe, fackelschwingende Rassisten? Nein. Ich möchte die schönen Dinge in meinem Herzen tragen, nicht das Gift.

Ich möchte die Möwe erinnern, die in der Salzwiese ihr

fast erwachsenes Jungtier fütterte, nicht die Elster, welche die kleinen Schwalben aus den Nestern fraß. Man mag das naiv nennen. Romantisch. Ich nenne es Überleben.

Toleranz

Und da war er wieder, dieser Satz: „Gerade von DIR hätte ich mehr Toleranz erwartet!" Aha, denke ich, warum denn? Weil ich für die Gnade, dass ihr hier „so jemanden" wie mich in eurer Mitte duldet, keinerlei abweichende Meinung mehr vertreten darf? Sicher ist den meisten die latente Homophobie dieses Satzes gar nicht bewusst, aber meine Geduld mit diesem Bullshit neigt sich doch langsam dem Ende entgegen.

„Danke für nix!" war das Motto des diesjährigen Berliner CSD, der gestern stattfand. Auf Langeoog haben wir keinen CSD, aber wir haben ein Dörpfest, dessen lautstarke und mülllastige Auswüchse samt Feuerwerk ich in einem Weltnaturerbe, vorsichtig formuliert, nicht gerade goutiere. Und in diesem Kontext fiel dann, von einer Open-Air-Party-Befürworterin, dieser Satz.

„Danke für nix." — Zuerst fand ich dieses Motto ja äußerst unpassend, unhöflich, unverschämt, denn zumindest ich hätte den Weg aus der Depression und einem Leben, das nicht zu mir gehörte, ohne die Unterstützung heterosexueller und_oder Cisgender-Freund_innen, Eltern und Behördenmitarbeiter_innen nicht geschafft:

Danke für jede Menge.

Nun aber dieses „gerade von DIR hätte ich mehr Toleranz erwartet", und plötzlich denke auch ich: Danke für nix! Diese Person macht nichts, als mit mir in mehr oder weniger friedlicher Koexistenz zu leben, und sieht allein das bereits als irgendwie Gegenleistungswürdig an? Alte_r*! Ich hörte diesen Satz einfach schon zu oft. Und ich bin ihn Leid.

Eine sexuelle Identität und_oder sexuelle Orientierung zu haben, die etwas seltener vorkommt als Heterosexualität und Cisgender-Identität, verpflichtet einen erstmal zu gar nichts. Zumindest zu nichts, das nicht auch für jeden anderen Bürger (und jede Bürger_in) im Rahmen der Gesetze gälte. Auch homosexuelle Menschen, bisexuelle, genderfluide und transidente Personen haben jedes Recht der Welt darauf, nett zu sein oder absolute Arschlöcher, mit vernünftigen Ansichten, ekelhaften oder gar keinen. Auch Homo- und Transsexuelle dürfen Müll und Lärm im Naturschutzgebiet für bewahrenswertes Kulturgut halten, aka: Tradition. Auch Homo- und Transsexuelle dürfen genau das Scheiße finden. Auch Homo-, Bi- und Transsexuelle dürfen widersprechen. Wir müssen nicht immer lieb und folgsam sein, nur, weil uns irgendwer vom hohen Ross seiner Mehrheitszugehörigkeit aus ein paar Quadratmeter Pflaster in seiner genderbinär, heteronormativ dominierten Welt zugesteht, anstatt uns in Gefängnisse und Irrenhäuser zu stecken, weil man ja heute schließlich tolerant ist oder einen Schwippschwager hat, der „zwar schwul, aber eigentlich echt in Ordnung" ist.

Aha, denke ich. Als sei das nicht das Mindestmaß an Menschlichkeit! Ich erwarte keine Toleranz für meine Liebe und_oder nähere biologische Ausgestaltung. Das geht ohnehin nur meinen Partner, Freund_innen und Familie etwas an. Ich erwarte keine Toleranz für alles, was ich mache, sage, denke. Man kann mir widersprechen: Das nennt sich Meinungsfreiheit. Im Gegenzug muss auch ich nicht alles tolerieren: Ich kann bestimmte Meinungen daneben finden, mich über unangeleinte Hunde im Brutgebiet aufregen und Bigotterie. Das nennt sich Meinungsfreiheit. Soviel also zur Koexistenz im heteronormativen Umfeld.

Und innerhalb der Community? In Tuntenhausen dagegen ist alles geradeaus, möchte man meinen? Ein einziges, glitzerndes Paradies der regenbogenfarbigen Nächst_innen*liebe und des allumfassenden Verständnisses für ein Meinungsspektrum, so bunt wie wir? Mitnichten. Denn wir haben Caitlyn Jenner. Ja, die.

Fassen wir kurz zusammen: Caitlyn Jenner ist eine sehr berühmte und sehr reiche Frau aus den USA mit Transvergangenheit, und außer Frage steht, dass sie „berühmt" und „reich" hätte dazu nutzen können, um Transidentität als eine Normalität von vielen sichtar zu machen, um zu erläutern, was Trans* und Drag unterscheidet, warum es nicht „Umwandlung" sondern „Angleichung" heißt, warum die Selbstmordrate unter Transpersonen so hoch ist und warum geschlechtsangleichende Operationen kein überflüssiger Luxus, sondern lebensrettend sind. Hat sie aber nicht.

Frau Jenner wählt die Republikaner und macht auch ansonsten einige Dinge, wo man sich fragt, ob ihr im früheren Leben als Olympionikin vielleicht doch mal ein Hammer zu viel an den Kopf geflogen ist.

Aber dass sie vielleicht nicht die hellste Kerze am Baum ist, ist dann auch schon das Einzige, was man ihr vorwerfen kann.

Nun setzt aber aus der LGBTIDingens-Community (ehrlich, ich komme bei den Buchstaben auch nicht mehr mit) das Gebrüll an: „Als Transfrau darf sie … muss sie … darf sie nicht." „Ich bin lesbisch, aber das ist für mich keine Transperson, sondern nur ein Mann im Kleid!" „Wäre sie wirklich trans*, würde er(sic!) nicht …", „Als Transperson kann sie sich diese Haltung nicht erlauben!" — Ganz ehrlich? Da denke ich, dass einige der olympischen Hämmer wohl sehr weit geflogen sind. Frau Jenner muss gar nichts! Kein Mensch ist verpflichtet, auf Grund seiner persönlichen Geschichte, seiner Identität oder Orientierung eine bestimmte politische Haltung, einen bestimmten Charakter oder einen bestimmten Lebenslauf zu haben.

Meine Identität und meine Liebe sind kein Politikum, und ich bin es Leid, ungefragt von der Community dazu gemacht zu werden! Ich muss nicht auf dem CSD für Leute in der ersten Reihe herumturnen, die mich außerhalb der Pride Season mit dem Arsch nicht angucken, nur damit sie ihre Buchstabensuppe voll kriegen; für Leute, welche nach außen politisch superkorrekt sind, indem sie auf jedes Gruppenbild mindestens eine Frau, eine Person of Color, eine Transperson und einen Menschen im Rollstuhl zerren und ab dem dritten Wodka dann doch nur „der sieht nicht aus wie eine Frau, also ist das für mich auch keine!" über eine Transfrau lästern, um sich weiter auf den regenbogenbeflaggten Sofas ihrer VIP-Bereiche in Selbstherrlichkeit zu aalen.

Ich muss nicht erklären, warum ich mit Leuten befreundet bin, die in der Szene polarisieren, und wer mir nur wegen dieser Freundschaft die eigene kündigt, hat offenbar sehr wenig sonst an mir geschätzt: Ja, ich spiele auch mit „Schmuddelkindern", solange sie mich so gut behandeln, wie ich es mir von etlichen anderen wünschte! Und ich muss mich nicht rechtfertigen, wenn ich an dem ganzen Zirkus überhaupt nicht mehr teilnehmen, sondern einfach nur ein unbescholtenes, unauffälliges Leben auf einer Insel führen möchte, vom ganzen LGBTIDingens-Zirkus unbehelligt, oder sogar komplett ungeoutet.

Kein Mensch ist verpflichtet, anderen überhaupt Auskunft über Orientierung oder Identität zu erteilen. Und doch leben wir in einer Welt, in der Sparkassenberater Transpersonen für die Namensänderung auf der Bankkarte noch laut fragen: „Und wie ist das bei Ihnen jetzt untenrum?", Taxifahrer Lesben verhören, ob frau so sei, weil „der letzte Typ so scheiße gefickt hat", schwule Paare die Frage, wer denn von beiden „die Frau" sei, mittlerweile hoch- und runterkotzen können oder der Partner eines schwulen Transmannes von einem anderen Schwulen gefragt wird, ob er jetzt hetero sei. Und wenn man dann unfreundlich wird oder sich wehrt, heißt es: „Gerade von DIR hätte ich aber mehr Toleranz erwartet." — Noch Fragen?

Es geht uns hier gut. Wir werden nicht hingerichtet und kommen nicht mehr in den Knast oder zur Elektroschocktherapie, und das Schlimmste, was mir persönlich passiert ist, waren verbale Übergriffigkeiten, angewidert verzogene Mundwinkel, das Ende einer 20jährigen Freundschaft und ein paar Mal Vor-die-Füße-Spucken. Wir werden nicht exkommuniziert und die meisten von uns nicht enterbt. Meine Eltern würden meinen Freund ebenso gern zum Familienessen einladen wie meine Freundin, und alles, was sie dabei interessieren würde, wäre, ob dieser Mensch einen passablen Charakter hat und mich gut behandelt.

Auch auf der Insel gibt es offen schwul und lesbisch lebende Personen, die mehr als gut integriert sind, und der nette Inseldoktor hebt bei „Hormonersatztherapie" oder „HIV" nicht einmal die Braue.

Aber böte nicht gerade das die Chance, dieses Toleranz-Gefasel endlich mal zu lassen, sondern Minderheiten einfach nur als ebenso „normal", nur eben seltener, zu behandeln? Wir sind nichts Besonderes. Wir können genauso dumm, intelligent, schön, hässlich, empathisch, egomanisch, versoffen und abstinent, evangelisch, katholisch, links, rechts, atheistisch, jüdisch, muslimisch, arm, reich, versnobt, verkommen und was-weiß-ich-nicht-alles sein — eben wie alle anderen auch. Niemand sucht sich seine sexuelle Orientierung aus. Niemand hat sich bewusst dafür entscheiden, dass bei der Chromosomenverteilung Herz und Seele XY bekamen und der Rest XX oder umgekehrt.

Natürlich prägt es jeden Menschen auf die ein oder andere Weise, mit dem Wissen aufzuwachsen, dass man „irgendwie anders ist", aber man kann damit klarkommen, zumindest in einem so schönen und freien Land wie unserem, wo (von kleineren Baustellen abgesehen) sogar Behörden und Gesetzgebung uns unsere Existenz nicht aberkennen, sondern diese, im Falle des TSG und der Krankenkassen, oft sogar erst ermöglichen — selbst wenn wir weder reich noch berühmt sind.

Man kann als queerer* (*hier im Sinne von: Sucht euch einen Buchstaben aus) Mensch in Deutschland für vieles dankbar sein. Man kann sich auch noch über vieles aufregen. Aber was die vielbeschworene „Toleranz" angeht, so gilt wohl tatsächlich mal: „Danke für nix!"

Sünder

Während im Nordosten noch Blau erstrahlt, ballt sich im Süden das Grau zu einer festen Wolkendeckde. Kein gutes Omen für den Pilgerweg, denke ich, und sehe uns schon wie begossene Pudel in Demut vor den Zeugnissen dunkler Inselvergangenheit stehen: Eigentlich wäre das ja auch passender. Aber Gott hat ein Einsehen mit seinen Schäfchen, und so zeigt sich der Himmel pünktlich zu Beginn der Wanderung wieder in makelloser Pracht. Um das Leben vierer norddeutscher Märtyrer und ihren Widerstand gegen das Terrorregime des Nationalsozialismus soll es dabei gehen, dreier katholischer Priester und eines evangelischen Pfarrers. Ihre Namen: Johannes Prassek, Eduard Müller, Herrmann Lange, Karl Friedrich Stellbrink; ermordet am 10. November 1943 von jenen, deren Unrecht zu benennen sie ihr Leben lang nicht müde geworden waren. Die drei Katholiken wurden 2011 bereits selig gesprochen; an den Herrn Stellbrink von der klerikalen Konkurrenz erinnert indes ein Eintrag im „Evangelischen Namenskalender" — ein Verzeichnis, von dem ich, als Heide mit protestantischem Konfessionshintergrund, bisher noch gar nichts wusste. Und in dieser Wissenslücke offenbarte sich nur der erste der vielen Haken in meinem Verhältnis zur Kirche, aus der ich seit über 15 Jahren ausgetreten bin und der ich aufgrund schlechter Erfahrungen mit dem Bodenpersonal des Herrn auch eher kritisch gegenüber stehe. Nun siegte aber das Historikerherz über das des Agnostikers, und also beschloss ich: Ich gehe da mit.

Versammlungsort ist die katholische Kirche St. Nikolaus im Westteil der Insel, ein schöner Bau mit harmonischer runder Formgebung und einem Panoramafenster, das aufs Schönste den Blick auf Wasserturm und Dünen lenkt; davor Taufbecken und Osterkerze.

Ich habe keine Ahnung mehr, wie man sich in Kirchen im Rahmen eines Gottesdienstes benimmt, zumindest nicht jenseits von dem, was eine Art Naturanstand gebietet, und was auch bei Besichtigungen gilt: Nämlich Inne- und Klappehalten. In katholischen Kirchen heißt das Gesangbuch Gotteslob, registriere ich, und auf die kleinen Bänke soll man die dreckigen Flossen nicht stellen, weil da Leute drauf knien — auch das leuchtet ein. Bisher habe ich also noch alles im Griff. Dann aber wird zur Versammlung um den Altar gerufen und ein Liederheft verteilt. Die Begrüßung zum ökumenischen Pilgerweg macht eine Pastoralreferentin, danach schaltet sich der evangelische Pfarrer ein.

Es sind ganz normale Worte, welche die beiden Theolog_innen sprechen, sicher auch interessante, aber sofort weiß ich wieder, warum ich (obwohl ich gern Kirchen besichtige) seit der Konfirmation vor 26 Jahren nie mehr in einen Gottesdienst ging: Es ist dieser typisch-pastorale Tonfall, der mich entweder sofort einschläfert, oder, eher noch, nervt. Auch ist dieser typische Pastor_innentonfall für mich zu lange Zeit quasi die Vertonung des Wortes Bigotterie gewesen; zuviel Falschheit erlebte ich in der Kirche, zuviel Doppelmoral, zuviel moralinsaure Überheblichkeit, zu viel Verurteilungen. „Wir sind alle Brüder und Schwestern in Christi", hieß es drinnen, „ich habe keine Schwester" draußen, „Was Gott zusammenführt, soll der Mensch nicht trennen", hieß es drinnen, „die Ehe wird mit dem heutigen Tage geschieden" hieß es draußen. „Gott macht keine Fehler" hieß es drinnen, „Manchmal macht auch Gott Fehler, sieht man ja an dir" draußen. „Gott ist barmherzig. Nehmt die Sünder in Eure Mitte" tönte es von der Kanzel, aber sobald sich die Kirchentüre schloss, setzte es ein „ich umgebe mich nicht mit Menschen, die im Leben immer nur Pech haben, das überträgt sich" hinterher. Und so weiter.

Ich kann keine Theologen ansehen, ohne an diese Dinge zu denken, und ich danke Gott (tatsächlich!) dafür, dass ich inzwischen immerhin zwei, wenn auch katholische, Theologen kenne, die wirklich liebe Menschen sind und unumwunden zugeben, dass sie selbst so große Sünder sind wie ich und alle anderen auch. Und dass Gott uns trotzdem lieb hat, so, wie wir sind: Den einen als streitbaren Ex-Vatikanbeauftragten, den ich als gebildeten und unterhaltsamen Gesprächspartner schätze, und den anderen als musisch begabten Ordensbruder, der trotz seines Klosterlebens alles andere als weltfremd ist, und mit dem mich eine überaus bereichernde Brieffreundschaft verbindet. Und beide erklären mir mit Engelsgeduld die meinem theologischen Dilettantismus entspringenden Fragen, wenn ich mich doch einmal vorsichtig an das Thema wage. Nun aber stehe ich hier allein in meinem Hadern.

Ich weiß nicht, wie es ist, atheistisch sozialisiert zu sein, vermutlich geht man da unbefangener an die Dinge, ich jedenfalls stehe nun in dieser Kirche und fühle mich schlecht; immer bedrängt von dem Gedanken: Ich dürfte nicht hier sein.

Ich bin alles andere als bibelfest, aber natürlich kenne auch ich die einschlägigen Stellen, aufgrund derer ich mich Kirchen fernhalten sollte. Und so wie mir jetzt „Ein Weib soll nicht Mannsgewand tragen, denn es ist dem Herrn ein Gräuel" und „Ein Mann soll nicht beim Manne wie beim Weibe liegen" durch den Kopf geistert, richtet sich mein Blick ängstlich zur Decke, ob mich nicht ein Dachbalken zu erschlagen plant oder ein Kruzifix von der Wand zu fallen droht — Aber alles bleibt ruhig.

„Ach, du, bei meiner Lebensgeschichte hätten schon Hunderte Kirchen über mir einstürzen müssen" tröstete mich einst der befreundete Vatikangelehrte mit liebevollem Schmunzeln, als ich mit ihm und seinem Mann beim Abendessen saß, und ihn fragte, ob ihn nicht auch manchmal so ein Schuldgefühl in Kirchen befiele. Und so vertraue ich schließlich darauf, vielleicht doch nur ein kleines Licht unter den Sündern zu sein: Er muss es ja wissen.

Dann wird gesungen. Ich habe seit dem Stimmbruch kein Kirchenlied mehr gesungen und kenne daher nur die hohen Stimmen. Auch die Noten helfen mir nicht für den Männerpart, denn tatsächlich habe ich mich mit bemerkenswerter Talentfreiheit durch einige Jahre musikalische Früherziehung, Klavier- und Geigenstunden gequält, ohne musiktheoretisch je über das Malen eines Violinschlüssels hinausgekommen zu sein. Trotzdem versuche ich es.

Wenn Schiefsingen in der Kirche Sünde ist, so habe ich mir gerade sportliche 8000 Jahre Fegefeuer erjault, denke ich beschämt, aber dann überlege ich, dass Gott möglicherweise noch andere Dinge umtreiben, als auf die Gesangsqualität seiner Schäfchen zu achten — Zu wünschen wäre es jedenfalls, angesichts all des übrigen Grauens in der Welt.

Die erste Etappe der Wanderung führt durch die Dünen zum Haus Meedland. Als wir den hübsch begrünten, sauberen, lichtgestreichelten Innenhof betreten, erklingt aus dem Inneren des Gebäudes ein wirklich schöner Gesang: Offenkundig üben hier Profis. Ich hätte gerne noch zugehört, aber schon geht es weiter in eine kleine, halbrunde Kapelle, in der ein Tagpfauenauge das sonnenbeschienene Kreuz umflattert. Sicher ein gutes Omen, denke ich, als ich den wunderschönen, bunten Schmetterling betrachte; auch in der chinesischen Mythologie sind Schmetterlinge etwas Gutes, obwohl ich ihren chinesischen Namen immer als sehr unpoetisch empfand: Hudie. Von christlicher Mythologie verstehe ich nichts, und also kann ich das mit dem Omen nur raten.

Das Haus Meedland scheint mir jedenfalls ein guter und positiv besetzter Ort, bis uns der Pastor erklärt, auf welchem Grund wir uns hier befinden: Dort, wo jetzt das Tagpfauenauge durch Streifen wärmenden Sonnenscheins fliegt, litten und starben im Zweiten Weltkrieg 42 russische Kriegsgefangene. Den polnischen Gefangenen auf dem Festland, wo die vier Märtyrer wirkten, ging es nicht besser, und wir erfahren, dass die Männer alle heimlich Polnisch lernten, um die Gefangenen in ihrer Sprache trösten zu können, was streng verboten war. Natürlich mag man einerseits denken, dass es überlebenswichtiger sei, Kriegsgefangenen Brot und Kartoffeln zuzustecken anstelle von Bibelversen, aber andererseits: Was nährt den Überlebenswillen denn stärker als Hoffnung? Und physische Nahrung bekamen sie sicher ebenfalls von den Kirchenmännern, sofern sich etwas auftreiben ließ, denn damals hungerten ja alle. Leider wurde das Versorgen von Kriegsgefangenen mit Essen natürlich ebenfalls grausam bestraft.

Man verhaftetete die vier Männer 1942; zu Märtyrern wurden sie ein Jahr später, als sie für ihren Mut zur Wahrheit und ihr Festhalten an der Menschlichkeit unter die Guillotine geschoben wurden. In der Kapelle des Hauses Meedland hören wir einen der überlieferten Abschiedsbriefe der Verurteilten, wenig später, in der Kapelle des

Dünenfriedhofs, einen weiteren. Es ist sehr ergreifend. Und, was mich ungläubig aufhorchen lässt: Die Männer hatten offenkundig überhaupt keine Angst vor dem Tod. Hatten sie die wirklich nicht, oder verbat ihnen nur ihre männliche Sozialisierung („ein Junge weint nicht") und ihr Amt als Mann Gottes, Angst zu zeigen? Ist es wirklich möglich, sich angesichts eines so grausamen, blutigen Endes, leichten Herzens von der Welt zu verabschieden? Kann einem der unerschütterliche Glaube an Gott und an das Gute in der Welt wirklich so viel Kraft geben? Kann man mit einem starken Glauben wirklich dem Tod ins Gesicht lachen, der brutalen Tötungsmaschine der Nazis aufrecht in Würde entgegentreten, und dem Mann vergeben, der mit einem Fingerdruck das scharfe Beil zum Fallen bringt? Wenn dem so ist, ist diese Art zu Glauben zweifelsohne gut. Aber um wieviel erschütternder wird es angesichts dessen erst, dass es gleichzeitig Menschen gibt, deren Glaubensauslegung Terror, Angst und Tod befiehlt?

In deren Welt bin ich gerne Atheist. Mit einer Welt friedlichen Glaubens indes, egal welchem, kann ich mich anfreunden.

Auf dem Gedenkstein am Dünenfriedhof wird auch der ermordeten und verfolgten Homosexuellen im zweiten Weltkrieg gedacht; ich nehme das mit einem warmen Gefühl im Herzen zur Kenntnis.

Die Pastoralreferentin singt. Zuerst denke ich, wir Pilgernden hätten einfach nur den Einsatz verpasst, aber tatsächlich singt sie eine Art Predigt. Ich wusste nicht, dass Katholiken ihre Predigten zum Teil singen und nehme mir vor, meine Theologenfreunde danach zu fragen. Danach werden wir zur Litanei aktiviert. Ich weiß nicht, was eine Litanei im katholischen Sinne ist, ich kenne das nur als Schimpfwort.

Wir sprechen irgendwas aus dem Begleitheft nach, aber als die Rede auf Moses kommt, halte ich lieber die Klappe, steht das mit dem „Mann beim Manne" und so weiter doch genau da, im Buch Mose. Ich glaube, der Moses mag mich nicht, denke ich, und forste im Hirn nach Resten von Bibelwissen. War das nicht der, der das Meer teilte? Oder der mit den Tafeln auf dem Berg? Oder der mit den 40 Tagen Wüste? Ich weiß es nicht mehr. Für ein zweites ungutes Gefühl sorgt weiters die Bemerkung der Theologin, wir seien „auf den Tod Christi getauft". Bitte was?, denke ich, ich möchte das nicht. Ich möchte für das Leben getauft sein, nicht auf den Tod, schon gar nicht angesichts des heutigen Themas! Außerdem: Hat Jesus nicht selbst getauft oder sich taufen lassen? Da lebte er doch noch? Was also hat dessen Tod damit zu tun? Aber meine Taufe ist seit dem Kirchenaustritt ja ohnehin Makulatur, also rühre ich nicht weiter in den Untiefen meines theologischen Nichtwissens und hake das Thema ab.

Die nächste Station ist die evangelische Kirche, dazu verlassen wir den strandnahen Friedhof in Richtung Dorf.

Der Weg führt vorbei an Doppelhäusern, die 1941/42 als Unterkünfte für die Offiziere der Wehrmacht errichtet wurden. Aha, denke ich, hier gingen also Männer morgens aus dem Haus, um Menschen zu quälen, und dann kamen sie zurück, ließen sich von ihren Frauen mit Frischgebackenem bewirten und spielten mit ihren Kindern, während weiße Wäsche im Garten trocknete. Das Blut an den Stiefeln vor der Tür würde bald jemand abwaschen, und dann stünden sie wieder blankpoliert bereit für den nächsten Tag, um einen russischen oder polnischen Gefangenen zu Brei zu treten, der aus einem Schweinetrog ein Stück faulige Kartoffelschale zum Essen gestohlen hatte. „Todesursache: Allgemeine Körperschwäche."

Ich versuche, die Schwingungen dieser Straße in mich aufzunehmen, zu horchen, ob das Meer und all das Schöne den Horror inzwischen befriedet haben, aber schon bald ist mir, als vernähme ich den Gleichschritt von Soldatenstiefeln, und ich schotte mich innerlich wieder ab. Natürlich haben die jetzigen Bewohner_innen versucht, ihre Häuser hübsch zu machen; es gibt Blumen und Bänke vor den Türen und Schaukeln auf den akkurat gemähten Räsen, aber ich fürchte, hübsch war es hier vorher auch. Und gerade das macht mir das Grauen doppelt unerträglich: Dass die Mörder hier ein idyllisches Inselleben pflegten, während den geschundenen Gefangenen nicht einmal ein Foto ihrer Familie oder ein Grab blieb. Die Tatsache, dass es deutschen

Kriegsgefangenen anderswo oft nicht viel besser ging, tröstet dabei nicht, denn es gibt einfach kein Unrecht, das ein anderes aufhöbe.

Mein Wohnhaus ist nahe dieser Siedlung, und ich nehme mir vor, zu recherchieren, was sich einst auf diesem Grund befand. Zunächst aber geht es weiter. In der Inselkirche bin ich kurz allein, bevor die anderen Pilgernden hineinströmen. Ich mag es, in dieser Kirche allein zu sein; ich mag ihre Farben, das Votivschiff und sogar das umstrittende Altarbild, wobei mir allerdings auch an diesem in erster Linie die Farben zusagen: Das Motiv ist mir zu verkopft. Und so langweilt mich auch der erste Predigtteil des Pastors über dieses Gemälde und all die Interpretationsansätze darüber ein wenig. Lieber betrachte ich einen Sonnenfleck, der sich unter einem der Dachbalken ausbreitet, und dessen Quelle ich zu eruieren versuche. Dieser Fleck ist sehr schön, aber dennoch fühle ich mich in der evangelischen Kirche, jetzt, wo sie belebt ist, zunehmend unwohl. Vermutlich ist eine Kirche, in der sich Gläubige zu etwas Rituellem versammeln, zu nah an meinen unguten Erinnerungen, denke ich, und des Pastors folgende Auslassungen über Gemeinschaft versus Einsamkeit machen das nicht besser. Warum soll es denn immer nur das eine oder andere geben? Es mag ja sein sein, dass für viele ein Leben im Rudel Erfüllung bedeutet, aber wenn man nicht ständig Menschen um sich will, erträgt und/oder braucht (oder zumindest nicht irgendwelche Menschen), so heißt das doch nicht, dass man sich Gemeinschaft im Allgemeinen verweigert oder gar einsam ist. Für mich bedeutete Gemeinschaft meistens Einsamkeit, denke ich. Vor allem die kirchliche Gemeinschaft, deren Mitglieder zwar vorgaben, für all die armen Sünder unter ihnen zu beten, aber sich dann außerhalb der Gottesdienste lieber doch nicht mit „so jemandem" blicken ließen. Man hätte schließlich eine Wahl, hieß es dann. Man könne ja schließlich einfach normal werden.

Das brauche ich nicht, denke ich. Man kann schließlich auch als stiller Beobachter am Rande des Rudels glücklich werden. Für mich ist das der Idealzustand: Nicht ausgeschlossen, aber auch nicht mittendrin, den Fluchtweg immer in Reichweite. Alles ist gut, so, wie es ist. Es ist nur schade, dass es für so viele immer nur ein Entweder-Oder in allen Lebensbereichen gibt.

Gott indes, denke ich, kann ja nichts für menschengemachte Moralvorstellungen. Auch nicht für menschengemachte Begriffe von richtig und falsch, die sich ohnehin schneller wandeln, als man gucken kann. Gott, so bin ich inzwischen sicher, verurteilt niemanden dafür, jemanden zu lieben. Der Gott, an den ich glauben will, verurteilt nur Hass. Insofern hadere ich mit ihm schon lange nicht mehr. Ich hadere auch nicht mehr mit allen Aspekten gelebten Glaubens.

Aber die Institution Kirche ist nichts mehr, für das ich mein Herz öffnen kann, das hat mir der heutige Tag gezeigt.

Dennoch bin ich dankbar für diesen Pilgerweg und mein erstes (und wohl letztes) Experiment mit einem Leben als aktives Gemeindemitglied auf der Insel. Ich habe ergreifende und bewundernswerte Lebensgeschichten gehört, einiges Neues über die Insel erfahren und Orte gesehen, an die man sonst nicht ohne Weiteres gelangt. Ich habe gesungen, wenn auch schauerlich. Ich habe innere Grenzen überwunden und reflektiert. Ich habe alten Verletzungen nachgespürt und diesen allein durch das Zutagefördern ihren Schrecken genommen.

Und dann war da noch dieser vergessene Schatz, den ich aus der Truhe meines verschütteten Bibelwissens grub — Ein Satz, der mir letztlich erklärte, warum mich kein Deckenbalken in St. Nikolaus erschlug:

„Wer ohne Sünde ist, der werfe den ersten Stein".

Amen.

Beerenlese

Auf Tjard-sin-Utkiek sieht man zu beiden Seiten das Meer. Das Meer im Süden liegt silbergrau und ruhig, wie ein mattes Stück Alufolie, zwischen Insel und Festland. Im Norden ist die See schiefergrau und wild. Dazwischen liegen die Dünentäler.

Unbeeindruckt vom diesigen Licht eines wolkenverhangenen Spätsommerabends, zeigen die Dünen um diese

Jahreszeit ihre ganze Pracht. Genährt von den warmen Sonnentagen und dem Regen, drängen sich, wohin man schaut, pralle Früchte an Sträuchern und Gräsern ins Licht. Einige Früchte der Dünenrosen sind von einem fast unwirklich grellen Signalrot, andere bereits so tiefrot wie ein königlicher Mantel. Dazwischen das satte Nachtblau der Beeren des Heidekrauts. Die orangefarbenen Dolden der Eberesche, das Zartgelb irgendeines kleinen Lippenblütlers, den ich nicht näher zu benennen weiß. Es lohnt sich, innezuhalten. Die Hand darüber streifen zu lassen, all die Texturen zu erfassen, die Glätte der Beeren, die samtigen Blütenblätter, die regenfeuchten, rauen Halme des Strandhafers. Dazwischen all dieses wunderbare Grün von Moosen, Gräsern und Flechten, Ruhe für das Herz. Ich gebe zu, dass auch ich mich manchmal einfach gern auf diesen sattgrünen, weich bemosten Boden legen würde, bevor uns der Winter ereilt, aber der Dünenschutz ist die Lebensversicherung der Insulaner. Also beschränke ich mich aufs Ansehen und Träumen. Vielleicht, denke ich in einem Anfall präherbstlicher Melancholie, hätte ich das auch lieber bei dir getan. Aber es lässt sich nicht mehr ändern, und nun nährt mein Herz die Gewissheit, dass mich auch dieser nahende Herbst wieder ein Jahr weiter in sichere Gewässer bringt: Dorthin, wo mich dein Gesang an keine Klippen lockt.

Ich mag den Spätsommer.

Die Luft ist noch mild und wunderbar weich in den Lungen, während sich die Natur einem Farbenrausch in einzigartiger Pracht hingibt. Ich mag es, wenn es langsam wieder ruhiger wird auf Langeoog, langsamer, und auf angenehme Weise träger. Ich mag es, kuschelige Stricksachen zu tragen und einigen wunderbaren Anachronismen zu frönen: Analog Zeitung lesend im Schaukelstuhl, während der Seewind bunt verfärbtes Laub am Fenster vorbeiträgt und die Vögel ihr Prachtkleid ablegen. Aber noch ist es nicht so weit: Auch wenn das Wetter es nicht vermuten lässt, so ist doch offiziell immer noch Hauptsaison.

Beim Abstieg von der Aussichtsdüne Tjard-sin-Utkiek kommt mir eine Gruppe 12- bis höchstens 13jähriger Jungen entgegen, die sich über Blowjobs unterhalten — präpubertäre Angeberei vermeintlich praktischer Erfahrungen inbegriffen. Das sind doch noch Kinder, denke ich konsterniert, und dass ich in diesem Alter noch nicht einmal wusste, was das ist. Auch mit der Ruhe ist es nun vorbei: Die Kinder haben ein lärmendes Gerät dabei, das in meiner Jugend ein Ghettoblaster gewesen wäre. Keine Ahnung, wie die Dinger heute heißen, aber auf jeden Fall ist es laut, und auch das Ghetto ist nicht zu überhören: Aus den Boxen dröhnt jene Art von Rap, mit der man Integrationspreise gewinnt, obwohl man darin darin das Totschlagen von Homosexuellen und sexuelle Übergriffigkeit auf Frauen feiert. Das Meer und den Wind höre ich nun nicht mehr.

Das sind Kinder, sage ich mir erneut, um nicht darüber wütend zu werden, aber ein inneres Aufseufzen bezüglich des Niveaus unserer Jugend und angeblichen zukünftigen Rentenzahler_innen entlockt es mir doch. Und ja, ich weiß, dass sich auch Sokrates bereits darüber ereiferte, und aus der Menschheit dann trotzdem noch etwas wurde, zumindest aus einem Teil davon.

Nachdenklich betrachte ich einen Brombeerbusch, bis sich das Rudel Einachtelstarker verzogen hat.

Ich pflücke einige der bereits schwarzglänzenden Beeren und esse sie. Auf Langeoog kann man das machen, da es hier mangels Füchsen auch keinen Fuchsbandwurm gibt, und so ist das Schlimmste, was einem beim Brombeerenessen passieren kann, dass irgendein Tier drauf gepieselt oder ein Wurm darin Stellung bezogen hat. Es sind erst wenige reif, aber diese schmecken schon süß und ich freue mich auf den Tag, an dem ich so viele sammeln kann, dass es zum Belegen eines kleinen Törtchens für die Teestunde reicht: Brombeeren sind meine Lieblingsfrüchte.

Der Himmel zieht sich schon wieder zu. Vor dem Haus steht der neue Nachbar, ein Junge aus einer osteuropäischen Familie, deren Sprache ich leider nicht zuordnen kann. Er grüßt sehr freundlich; die Tage sprach er mich an, dass ihm mein Fahrrad gefiele. Die Familie sind außer mir die einzigen Dauerbewohner im Haus. Der Junge ist nett und höflich, und ich stelle mit mehr Resignation als Verwunderung fest, dass er ein schöneres Deutsch spricht als die sehr wahrscheinlich muttersprachlichen Teenies von vorhin. Seine Grammatik ist trotz des starken Akzents von einer zauberhaften Lehrbuch-Korrektheit und die Aussprache sehr deutlich. Ich beschließe, den Nachbarn zu mögen. Die blonde Touristin, die soeben aus der Haustür tritt, grüßt mich hingegen nicht.

Heimat zu finden ist etwas Kostbares, denke ich, und nur selten hat es etwas mit dem Geburtsort zu tun. Heimat, denke ich, ist ein Gefühl. Und manchmal ist es auch Mut.

Ich laufe vom Wohnzimmer in die Küche und denke daran, wie ich diesen Weg noch als 70jähriger laufen werde; meine neue Lieblingsstrickjacke, die ich heute trage, ist dann längst verschlissen. Aber ich werde auf dieselben Fliesen sehen. Vielleicht werde ich dabei Schmerzen haben, in den Knien, im Rücken. Vielleicht habe ich dann kaum noch Haare. Vielleicht habe ich Hunger, weil meine Rente grässlich sein wird. Aber ich werde hier sein, in meiner eigenen Wohnung: Und dieses Gefühl ist ebenso beruhigend wie beängstigend. Es ist lange her, dass ich mich irgendwo zum Bleiben entschloss.

Und hier, auf der Insel, ist es das erste Mal, dass mir das Bleiben nicht der Verstand, sondern das Herz befahl, und wo kein anderer Mensch bei der Entscheidungsfindung eine Rolle spielte. Hier werde ich alt werden, denke ich, so Gott will. Und ich weiß, dass ich nichts anderes möchte.

Lass einmal alles gut sein, bete ich innerlich. Erhalte mir Gesundheit und meinen Arbeitsplatz. Lass mich bleiben. Reisen ist schön, aber genießen kann das Unterwegssein wohl nur, wer auch einen Ort zur Heimkehr hat. „Der Weg ist das Ziel", Kong Fuzi zugeschrieben, war nie meine Philosophie. Genaugenommen, hasse ich Wege. Aber ich liebe das Ankommen.

Auf dem Grünstreifen vor dem Haus spielt ein Mädchen mit einer Schnecke. Sie hält dem Tier Blätter zum Fressen hin und spricht mit ihm wie mit einem Freund. „Schau mal, ich hab noch mehr. Dann kannst du alle deine Freundinnen einladen" erzählt das Mädchen dem kleinen Kriechtier und man meint fast, die Schnecke lächeln zu sehen. Süß, denke ich, dass für sie auch die Schnecke ein Mädchen ist. Für mich waren auch alle Tiere immer Jungs, egal ob echt oder aus Stoff. Man sucht sich halt ein Identifikationsobjekt. In Wirklichkeit sind Schnecken Zwitter, aber von den verschiedenen Spielarten der Geschlechtlichkeit erfährt die Kleine noch früh genug. Irgendwas berührt mich an diesem Stande der Unschuld, und ich hoffe, dass ihr die Teeniejungen mit ihrem hormonellen Verbalgebolze nicht noch begegnen. Ich lächele das Mädchen an und sie hält mir ihre kleine Schneckenfreundin auf dem flachen Handteller hin wie ein Geschenk. „Das ist aber eine hübsche Schnecke" sage ich, und die Kleine strahlt. Am Ende des Weges rufen ungeduldig die Menschenfreundinnen nach ihr.

Gold

Heute Nacht badet der Mond in einer Wanne mit flüssigem Gold. In rötlich schimmernden Nebel getaucht, umgeben von schwarzen Wolken, die sich deutlich vom nachtblauen Himmel abheben, lugt er satt, riesig und voll durch die Zweige der Kiefer am Ende der Straße. Es sieht aus wie ein Holzschnitt von Hokusai.

Eigentlich ist er nicht mehr ganz voll, aber er ist noch immer sehr groß; so groß, als wolle er bald herabfallen, unser Trabant. Tatsächlich ist er zu einer Seite hin schon wieder angefressen, aber ist es nicht häufig gerade das Unperfekte, das uns am Vollkommensten erscheint? Oder, vielmehr: Sehen wir bei Dingen, die so poetisch und wunderschön sind, nicht mit Freuden über etwaige Makel hinweg? Betrachten wir wieder den Mond: Als was sehen wir (zumindest jene unter uns, die keine Astrophysiker_innen sind; ergo keinen wissenschaftlichen Blick darauf haben) denn beispielsweise seine Krater? Als Narben, als etwas Entstellendes? Oder sind es nicht gerade seine Krater, die das Antlitz des Mondes so faszinierend machen und um die sich, kulturübergreifend, all diese Legenden über den Mond ranken? Ich mochte seinen chinesischen Namen, oder besser — ihren: Yueliang. In China ist der Mond weiblich konnotiert. Yueliang: Das ist melodisch und geht in der Regel auch Europäer_innen leicht von der Zunge.

Es gibt einen alten Schlager: „Der Mond ist wie mein

Herz", *Yueliang daibiao wode xin*. Die Sängerin, Deng Li-jun, brachte sich 42jährig aus unglücklicher Liebe um, aber das Lied wird heute noch in jeder Karaokebar wiedergekäut, Friede ihrer Asche.

Nun also der Mond über Langeoog. Und ich denke, dass jeder Mensch doch irgendwelche Krater auf seinem Herzen hat, Täler und Anhöhen, oder Narben auf seinem Körper. Der Mensch kann, wie der Mond, mal zu voller Größe erwachsen, dann wieder klein und unscheinbar sein, und manchmal kann er sogar größer sein als die Sonne, für einen Moment. Aber wir wissen, dass der Mond immer da ist, egal, wie fern er erscheint, und ist nicht genau das auch ein Ideal für die Liebe? Liebe muss nicht immer präsent sein. Sie muss nicht immer rein sein, makellos und schön. Sie muss nicht einmal immer nah sein. Wir müssen nur wissen, dass sie da ist.

Wir müssen nur wissen, wo wir sie finden.

Beim Mond ist das einfach.

Und so sehe ich heute dankbar zu ihm empor, lausche dem Zirpen der Grillen, dem Rauschen der nahen Brandung, und der melodischen Stille meiner Insel. Und ich denke an dich.

Im Norden zeichnet sich die vertraute Kontur Tjard-sin-Utkieks ab; dahinter liegt der Strand. Ich sehe all dies, als sei hellichter Tag. Und doch gibt es nun jemanden, der ein — noch weichgezeichnetes — Bild von Wäldern und Weinbergen dazwischen schiebt, und an die dunkel in den Nachthimmel aufragenden Wände der Dünen des Pirolatals lehnt sich mächtig die Mauer einer Burg, zu deren sternbeleuchteten Zinnen Nebel aufsteigt.

Von irgendwoher klingt Musik, zu der niemand mehr singt.

Ich flöhe mein Musikarchiv nach Liedern, die eine glückliche Liebe beschreiben, aber ich stelle fest, dass ich all diese in einem Anfall von Frustration wohl einst gelöscht haben muss; vielleicht gefielen sie mir aber auch nie. Denn tatsächlich gebiert wohl in allen Genres das Unglück die größte Kunst. Und nun steht man da, mit dem Zauber des Anfangs, und weiß noch nicht so recht damit, wohin. Aber man weiß, dass es schön ist. Das sollte es nicht, denke ich — weiß ich denn immer noch nicht, wie es endet? Warum ist Liebe so zäh? Warum blendet sie einen immer wieder mit diesem aus dem Nichts auftauchenden Funkeln, obwohl dieses Licht einen schon viel zu oft hinauszog auf die dunkle, wilde See, und kein schöner Matrose kam, um einen zu retten. Und so irrlichterte man herum, bis man nass, frierend und nackt in irgendeinen Hafen schwamm, wo einen dann jemand mit Rum und Liedern tröstete — und die Scheiße von vorn losging.

Und doch sagt mir das Herz auch jetzt: Sieh hin. Geh raus. Schwimm. Und schwömmst du auch um dein Leben. Denn wer weiß, ob er nicht gerade dasselbe tut, und dann trefft ihr euch draußen, auf einer Insel, und da wartet sie dann: Die Liebe, jetzt und für immer, oder zumindest für eine Weile.

Ich denke an dich und dass du vielleicht gerade jetzt dein Boot zu Wasser lässt. Gezeichnet von anderen Narben und Kratern als ich, aber dennoch schön und geheimnisvoll. Auch ich sehe jetzt sehnsüchtig auf mein Schiff, das schon so lange im Schuppen vor sich hinstaubt. Heute bescheint es ein goldener Mond.

Es ist nicht weit bis zum Hafen, denke ich. Wir könnten es schaffen.

Und dann bist du da und deine Fingerspitzen berühren all das Unperfekte an mir, als sei es so selbstverständlich da wie meine Fingernägel und Ohren: Ich muss mich nicht schämen, obwohl du es siehst. Ich muss nichts erklären. Ich muss einfach nur sein: Weil du alles liebst, was mich ausmacht; die Vergangenheit ebenso wie das Jetzt. Wie schön das wäre, denke ich.

Irgendwo auf der Persenning glitzert verheißungsvoll Tau. In der Ferne ist das Licht. Der Seewind bringt eine Ahnung vom Duft des Waldes, ich sehe dein Lachen inmitten des Weinbergs, und über die Deutsche Bucht fällt der Schatten der Burg: Wir könnten es schaffen.

Im Hafen ist alles ruhig; nichts ist zu hören außer dem silbrigen Gluckern der Priele und den kleinen Wellen, die an die Stege und Bootsrümpfe schlagen.

Die Vögel im Watt schlafen: Auch sie müssen sich vorbereiten auf ihre lange Reise. Auch für sie wird diese nicht immer gut ausgehen. Und doch versuchen sie es, immer wieder, so wie es ihnen ihr Instinkt befiehlt.

Auch ich weiß nicht, was mich erwartet. Loslassen ist schwer. Und jeder Aufbruch bedeutet auch Angst. Ich denke an dich: Bald wirst du hier sein.

Du trägst jetzt einen anderen Namen.

Meeresleuchten

Ich habe es gesehen. Dieses mystische Phänomen, welches zumeist als Seemannsgarn abgetan wird, und doch immer wieder Seefahrende und Küstenbewohner_innen in Staunen versetzt: Biolumineszenz.

Es ist ein stiller Abend. Kaum Wind; die Luft schwer, feucht und warm. Der Lichtkegel meiner Taschenlampe, welcher auf die Bohlen des Strandüberwegs fällt. Von irgendwoher Geflüster, ein Rascheln im Strandhafer. Und dann: Ein grünblaues Leuchten in der Brandung, als husche, ganz dicht unter der Wasseroberfläche, ebenfalls jemand mit einer Taschenlampe entlang, scheu und suchend. Um mich herum Laute der Begeisterung. Noch mehr Lichtkegel. Erwachsene Männer, die mit beiden Händen immer wieder Sand schöpfen und herunterrieseln lassen, weil sie noch einmal das Funkeln sehen möchten, diesen unwirklichen, magischen Leuchtregen, der sich zusammen mit dem Sand zurück ins Meer ergießt.

Meeresleuchten zeigt sich nur in Bewegung, und so

sieht man die kurzen Leuchtsignale der marinen Bioorganismen, welche für dieses Phänomen verwantwortlich zeichnen, nur im Heranrollen der Brandung, in der Bugwelle, im Aufwühlen des Sandes. Jeder, der das sieht, wird hier zum staunenden Kind, und einmal mehr versinke ich in Demut vor der Grandiosität der Natur. Und in Liebe zu unserer wunderbaren Erde. Eine Plastikschnur, über die ich im Halbdunkel fast stolpere, macht mich traurig: Wenn wir doch nur nicht so lieblos mit ihr umgingen!

Mir kommen die traurigen Augen ölverschmierter Tölpel in den Sinn, die hilflos rudernden Füßchen, das schmerzerfüllte Kopfeinziehen der Schildkröte, in deren Panzer ein Kunststoffring einwuchs.

Aber jetzt leuchtet die See, und sie bringt inmitten all des Grausamen und Hässlichen ihre Wunder hervor.

Es gibt es wirklich, das Licht im Dunkeln, denke ich, überwältigt und mit Tränen in den Augen dieses Mysterium betrachtend, von dem ich seit Ewigkeiten träumte, so, wie ich auch von den Polarlichtern träume, die zu sehen ich mir für dieses Leben noch fest vorgenommen habe.

Und ich denke an diesen potentiellen neuen Dich in meinem Leben, der eigentlich kein neuer Du ist, sondern ganz einfach ein Er, weil er mit dir auf sehr heilsame Weise nur wenig zu tun hat: Er sieht dir nicht ähnlich und er singt nicht; er stammt nicht einmal aus Norddeutschland. Aber er bringt meine innere See zum Leuchten. Was gestern noch schwarz und wild toste, wird in mir ruhig. Und dann ist da dieser Mensch, der seine lieben Worte hineinlegt und auf das Wasser schaut mit seinen gütigen Augen, und dieser Blick reicht wiederum aus, um wieder Bewegung zu bringen in das ruhig liegende Meer, aus dem das Du und Ich nach fast drei Jahren nun endlich gewichen ist.

In diesen winzigen Wellen, noch ohne Gefahr für Mensch und Boot, sehe ich das Leuchten.

Ich weiß nicht, was es wird mit diesem fast noch Fremden. Vielleicht wird es ein Strohfeuer. Vielleicht ein Desaster. Vielleicht wird es Liebe. Vielleicht wird er nur ein Freund. Aber es ist schön so, wie es ist. Und ist das Meeresleuchten trotz all seiner atemberaubenden Pracht nicht auch nur ein vorübergehendes Phänomen, das zudem einer warmen, stillen Nacht bedarf?

Vielleicht ist diese Ahnung von Liebe auch nur vorübergehend. Aber es streichelt mein Herz, zu wissen, dass er in mir auf ruhige See in einer warmen, stillen Nacht traf: Ich bin drüber weg, denke ich, jetzt wirklich. Denn sonst hätte ich sein Leuchten niemals gesehen. Und es ist so schön, diese Worte zu hören: „Ich fühle das auch." Die Grillen und das Rauschen der Brandung übertönen jeden Nachhall deiner Musik.

In der Ferne spielt jemand Querflöte.

„Das ist nur ein Rattenfänger" raunzt der Sadist in meinem Inneren, „du wirst folgen und fallen, erst betört und dann beschämt, also wie immer!" Aber ich will ihn nicht hören. Denn ist er nicht ohnehin immer kurz, so viel zu kurz, der Zauber des Anfangs? Nein, denke ich, denn ich mag die Melodie gern, weil sie leicht klingt und frei, aber mit all den süßen, schweren Untertönen schöner Melancholie versehen ist, die es zu entdecken lohnt. Und ich will ihn nicht mehr, diesen Sadisten in meinem Inneren. Denn irgendwo dort, verbuddelt unter seinem kalten und düsteren Reich unkender Selbstzweifel und nagender schlechter Erfahrungen, liegen noch Säcke voll Liebe. Wann soll ich die denn ausgeben, wenn nicht in diesem Leben? Man kann kein Geld mitnehmen aus dieser Welt. Und auch keine Liebe. Man muss sie zu Lebzeiten verschwenden, ausgeben, verschenken, mal mehr oder weniger sinnvoll investieren. Und man sollte einfach zu fragen aufhören, ob sich das lohnt.

Ein lieber Freund schreibt mir: „Ich denke, jeder Mensch verdient es, glücklich zu sein. Und das fängt, wie wir wissen, bei uns selber an."

Natürlich tut es das. Denn heute Nacht leuchtet die See, und darüber spannt sich ein Himmel voller Sterne.

Star

Zunächst klingt es wie eine starke Windboe, wenn sich tausende kleiner Flügel zugleich in die Luft erheben. Und dann hört man das Zwitschern. Wer nun in der glücklichen Lage ist, den Kopf erheben zu können und sich im Licht des Tages zu befinden, der sieht dann auch gleich den Ursprung des Spektakels: Eine gewaltige Wolke Stare. Die hoch- und wieder hinabstürzt, sich dreht, auseinanderstiebt und wieder zusammenfindet, um erneut, einer Fontäne am pastellig verfärbten Himmel gleich, nach kollektivem Steilflug auseinanderzuströmen und sich schließlich auf den Bäumen und Dächern ringsherum niederzulassen. Dort aber sitzen die Krähen. Die sich wiederum im Schwarm erheben, um in die Stare zu stürzen, und schon birst der Himmel wieder in tausend kleine Flügel.

Fünf-, sechsmal wiederholt sich das Schauspiel, dann fällt die Nacht herab, es ist Ruhe im Karton, und der Mensch steht da und schweigt. Wie wunderbar das doch ist!

Und manchmal, denke ich, muss das Leben genauso sein. Gleich der Krähe, die in die Starenformation stürzt, um das feste Gebilde zu zersprengen, braucht es manchmal einen Stich ins Herz, der das Lebensgefüge für kurze Zeit zersplittern lässt, egal wie vollendet es schon scheint: Damit es sich in neuer, noch schönerer Form zusammenfügen kann. An so einem Punkt, denke ich, bin ich nun. Etwas Großartiges steht bevor. Etwas Schönes und Neues. Die Blüte, die die Pflanze des Schmerzes nun endlich hervorgebracht hat, mit ihrem Duft nach Wald und Rosen: Jemanden, der all das Inselglück vollendet.

Augenhöhe ist für mich in einer Beziehung am Wichtigsten, hätte ich immer gesagt, wenn mich jemand nach nur einem einzigen Wort als Antwort gefragt hätte: Augenhöhe. Nun, zumindest im physischen Sinne muss ich mich davon wohl verabschieden.

Denn nun steht da dieser Mensch, der höher ist als mein Türrahmen, und lacht mich an mit seiner schönen Seele. Und ich möchte all meine Worte in seine feingliedrigen Flötistenhände legen, damit er ihnen neuen Klang verleiht.

Dann ist man da, an diesem Punkt nagender Ungeduld und möchte wissen, wie es weitergeht; ob man das nächste Buch allein schreibt oder zu zweit, ob man weitermacht wie bisher, als leidlich zufriedener Single, oder ob man zulässt, dass das dahinplätschernde Leben künftig wieder mit der Musik eines anderen verwoben wird; Disharmonien riskierend und die Herabstufung zur zweiten Geige. Erträgt man das noch einmal? Ist es das Wert? Aber, ähnlich wie an Gott, habe ich auch nie wirklich aufgehört an die Liebe zu glauben; der Glaube war nur mehr oder weniger verschütt. Vermutlich war er auch einfach nur der Beschimpfungen durch die Vernunft müde geworden.

Und ja, die Vernunft schimpft auch jetzt: Weil. Und dann kommt die Aufzählung von Dingen, Fernbeziehungen im Besonderen und Liebe im Allgemeinen betreffend, und dass man, der doch weder wirklich Nähe noch Distanz aushielte, doch lieber weiterhin die Finger von der Droge namens Liebe lassen solle, man wisse doch: Es macht nur süchtig.

Und dann ist da ja auch nicht nur das Hochgefühl. Denn mit jeder Liebe kommen auch die Sorgen: Ist er gesund, geht es ihm gut, fährt er auch anständig Auto. Und dann ist er vorbei, der sorglose Blick von den Dünen, weil man mit einem Auge immer jetzt bei ihm im Wald ist, zwischen seinen Tälern, Burgen und Weinbergen; inmitten einer Lebensgeschichte, die einem vor wenigen Wochen noch vollkommen fremd war. Wäre das nur nicht zugleich so schrecklich spannend!

Und so denkt man, man kann nur warten. Man muss sich wieder einstellen, auf den Herzschlag eines anderen, auf sein Tempo, auf sein Leben. Man kann aus der Übung kommen mit sowas. Aber kann man es gänzlich verlernen? Ich weiß es nicht. Hält er das aus? Halte ich aus?

The game is on again, a lover or a friend, würde es bei ABBA heißen, aber noch hoffe ich, dass es keine Verlierer in dieser Sache geben wird.

Noch geistert, trotz aller Unkenrufe meiner Erfahrung, der wohl politisch strapazierteste Satz des Jahres durch mein Hirn, entsprungen satt inselgenährter Zuversicht: Wir schaffen das.

Und da ist dann wieder dieser zarte Flötenton. Silbrig wie die im letzten Licht des Tages schimmernden Priele oder ein zwischen Weinbergen und Wäldern mäandernder Fluss. Leicht wie der Aufwind, in dem die Möwen über den Dünen treiben.

Hörst du denn nicht am Horizont den Donner, schreit plötzlich die Angst dazwischen, hörst du nicht das Heranbrausen der Winterstürme? Siehst du nicht die Wolkenberge dort hinten, siehst du nicht, wie der Nebel kriecht durch seine Täler und den schönen Wald abweisend macht wie eine Armee übermannsgroßer Zinnsoldaten? Es ist sein Land, und du wirst dich verlaufen darin. Bleib doch um Himmels Willen auf deiner Insel! Hier bist du sicher. Hier findet dich niemand. Keine Liebe. Aber auch kein Schmerz. Ist das nicht schöner so?

Und ich sehe über die grünen Dünen meines geliebten Pirolatals und denke: Ja, es ist wunderschön, so wie es ist. Aber wer gäbe meiner Heimat Form, wenn nicht auch die Winterstürme, wenn nicht auch der Regen? Und so ist es doch auch mit der Heimat unserer Herzen. Kein Leben ist immer nur Glück. Und keine Liebe immer nur schön. Man braucht das Leid, um den Wert der Freude zu erkennen.

Lass es kommen, denke ich: Alles. Ich halte das aus.

Und dann legt man seine Welt in die schönen Flötistenhände und beginnt, zu vertrauen und zu warten.

Ernte

Hinter uns liegt ein fulminanter Spätsommer. Noch in den letzten Septembertagen war es so warm, dass man im Meer baden konnte oder in T-Shirt und kurzen Hosen barfuß Fahrrad fuhr. Abends blickte man auf eine spiegelglatte, türkisblau gefärbte See, während der Sonnenuntergang den Himmel in warmes Pastell tauchte, nur selten durchzogen von ein oder zwei Wolkenschatten. Unvorstellbar, dass in nicht einmal zwei Monaten der Blanke Hans am Dünenfuß nagen würde und sich die See brüllend auf den Strand würfe wie ein zorniges Tier gegen die Gitterstäbe im Zoo. Und doch sind die ersten Strandkörbe bereits im Winterquartier, die ersten Geschäfte machen wieder Mittagspause und im Supermarkt stehen die Weihnachtsmänner neben der Sonnenmilch Spalier.

Heute ist der zweite Oktober; seit zwei Tagen ist es kühler geworden. Aber mir macht das nichts: Ich mag den Herbst. Ich mag das Innehalten, das Reflektieren, ich mag die Farben des Herbstes und die Herbstmode mit ihren weichen, wärmenden Stoffen: Tweed, Strick, Cord. In den Gärten sträuben sich noch etliche Rosen gegen die Jahreszeit, auch meine Hortensien geben noch einmal alles, und dennoch pflanzte ich bereits das Heidekraut dazwischen: Irgendwann muss man halt loslassen. Den Sommer. Eine Liebe. Das alte Leben. Die Zeit zum Innehalten ist gekommen. Und so sitze ich heute, in Flanell und irischer Wolle, zwischen den Herbstblühern und nimmermüden Hortensien, und modifiziere meine Träume.

Um diese Jahreszeit sah ich mich, wenn ich auf dem

Balkon tagträumte, immer vor einem Landhaus, teetrinkend mit Blick in den noch üppig erblühten Cottagegarten, einen eleganten, wohlerzogenen Jagdhund zu meinen Füßen. Auch von der, in einem Erkerzimmer mit großen Sprossenfenstern gelegenen, Bibliothek fiel der Blick in den Garten, die hohen Bücherregale mit Leiter sanft beschattet von sich vor den Fenstern wiegenden, alten Bäumen. Und unter diesen Bäumen war meine kleine Terrasse, auf der ich den Tee trank.

Ich wohnte allein dort, und mir fehlte nichts. Es war schön, dort für mich zu sein, meinen Tagträumen nachzuhängen, in guter Gesellschaft mit meinen Büchern. Das Dorf war nicht weit, aber ich hörte lieber das Meer auf der anderen Seite des Hauses anstelle des geschäftigen Treibens. Es war gut so, wie es war.

Doch nun steht dort jemand in der Bibliothek und übt Flöte, beharrlich jeden noch so kleinen Missklang in der für Laienohren ohnehin schon perfekten Tonfolge ausmerzend. Ich trinke meinen Tee und lächele. Der Hund schläft. Irgendwann verstummt die schöne Melodie, und ich vernehme das leise Klicken, mit dem das Instrument abgelegt wird. Ich brauche seine Schritte nicht zu hören, um zu wissen, dass er gleich in der Tür erscheinen wird; das dichte, braune Haar noch durchwoben vom Gold des Sommers, den Hund begrüßend und mich auch.

Im Haus sehe ich den Notenständer, schön geschnitzt und aus Holz, und ich erinnere nicht, wann ich ihm erlaubt hätte, den dort aufzustellen und hier einzuziehen, mit seiner Querflöte und seinem ganzen eigenen Bündel Leben im Gepäck — als hätte ich nicht genug mit dem eigenen zu schaffen! War es nicht schön, endlich allein zu sein? Nicht mehr verfolgt von der Erinnerung, nicht mehr leidend an der letzten Liebe? Hatte ich wirklich Platz für jemand anderen?

Aber manche Dinge kann man nicht planen; ich kann das auch jetzt nicht. Ich bin froh, dass er hier ist. Aber manchmal geht er auch fort, und dann sitzt dort, auf dem Pfosten des Gartentores, wo eben noch seine schöne Hand lag, ein schwarzer Vogel. Aber er ist hochgewachsen und das Land ist flach, also kann ich ihn noch lange sehen, bevor er verschwindet, und ich sehe auch schnell, wann er wiederkommt. Es ist schön so, wie es ist. In der Bibliothek tanzen Staubkörner im Spätsommerlicht, das durch die Fenster fällt. Einige legen sich auf den Notenständer. Ich werde sie fortwischen, solange er weg ist. Die Flöte nahm er mit, aber ich trage die Melodie längst im Herzen.

Der Winter kann kommen: Mich ängstigt nichts.

Langsam wird es zu warm auf dem Balkon. Ich wecke mich aus den Tagträumen, denn heute ist Erntedankfest und ich möchte zum Gottesdienst im Haus Bethanien. Der Gemeindesaal, welcher auch als Kirche fungiert, wurde zu diesem Anlass liebevoll geschmückt. Ein Chor singt und der Kurpastor ist angereist; das zentrale Thema ist Dank. Erste Texte werden verlesen: Dankbar sollen wir sein, für all das, was wir haben, setzt der

Vortragende an, gäbe es doch so viele Menschen, die so viel weniger hätten auf der Welt. „Wir" indes hätten hier doch alle Autos und Urlaube und Gesundheit und Überfluss. Ähm, nein, denke ich, und mich regt auf, dass er die Gemeinde als eine solch homogene Masse anspricht, als gäbe es hier auf Langeoog keine Probleme, keine Armut, keine Krankheit, keine Trauer. Sind diese Menschen kein Teil der Gemeinde? Denn natürlich gibt es das. Natürlich stehen die Lebenshaltungskosten hier in schlechtem Verhältnis zu den Gehältern der Dienstleistungsberufe. Natürlich sind in der Inselschule Kinder ohne Frühstück und warmes Essen, in zu kleinen Schuhen oder zu großen Winterjacken der älteren Geschwister. Aber natürlich ist da auch das andere Extrem: Ich erinnere Gäste, die, als ich noch im Hotel arbeitete, mein Jahresnetto dort für zwei Wochen Urlaub hinblätterten, die Kinder pausbäckig und wohlgenährt. Ich kenne Insulaner_innen, die Häuser einkaufen wie andere Brot.

Aber wir leben hier nun einmal alle miteinander auf geografisch begrenztem Raum, und also sollte man nicht blind sein für diese Unterschiede, denke ich, und auch nicht für das darin verborgene Konfliktpotential. Denn natürlich ist das nicht einfach: Niemand ist frei von Neid oder von Überheblichkeit. Und niemand ist niemals undankbar. Und so hadere auch ich oft damit, dass ich für eine kurze Reise oder eine Reparatur immer woanders sparen muss, während andere … und so weiter. Dann aber versuche ich, auf das zu blicken, was ich habe: Auf das, was reicht. Auf das, was gut ist. Auf all die Werte, die man in Geld nicht beziffern kann. Auf Bildung, Freunde, Eltern. Dankbarkeit ist ein schönes Gefühl: Nährend und wärmend.

Doch nach der Dankbarkeit kommt die Angst.
Ja, jetzt, denke ich. Jetzt ist es gut. Aber dann wirst du krank oder jemand nimmt dir die Arbeit weg und dann kannst du die Wohnung nicht abbezahlen und bist obdachlos und ganz unten. Und plötzlich gehörst du nicht mehr zum „Wir", von dem der Pastor erzählt, zu den Leuten mit Arbeit und Urlaub und Gesundheit, sondern du bist einer der anderen, Paria, und taugst in der Predigt nur noch zum gnädig bemitleideten Vergleichsobjekt, damit das „Wir" Gott dafür danken kann, dass es nicht du ist.
— Doch Halt!, rufe ich mich zur Ordnung, denn liegt nicht auch in dieser Angst schon Undankbarkeit? Heißt Dankbarkeit für das, was ich habe, nicht gerade Dankbarkeit für das Hier und Jetzt? Wenn ich Angst vor der Zukunft habe und mich Existenzängste um den Schlaf bringen, so heißt das doch nur, dass ich ins Hier und Jetzt kein Vertrauen habe, oder, für die gläubigen Leser_innen: Kein Vertrauen in Gott. Denn hat ER mir nicht schon gefühlte Hunderttausende Male den Arsch gerettet, mir verziehen, mich ans Ufer gebracht, egal, wie undankbar, größenwahnsinnig, gierig ich zuvor gewesen war, egal, aus wieviel eigener Schuld ich strauchelte? Ich habe erfahren, was Gnade heißt. Ich kann

mein Haupt nicht tiefer beugen angesichts all dessen, was mir an Güte widerrfahren ist. An Genesung und an Vergebung. An Liebe und Freundschaft.

Angst kann eine gesunde Warnung sein. In vielen Fällen ist sie aber wohl tatsächlich nur das: Eine auf mangelndem Gottvertrauen (oder Vertrauen in die eigenen Fähigkeiten) fußende Undankbarkeit.

Mit dieser Erkenntnis verlasse ich nachdenklich den Saal. Die Hausherrin strahlt mich an, eine schöne Frau mit Güte und Herzenswärme, obwohl sie um meine Geschichte weiß. Und dann ist sie wieder da, die sanfte, heilende Wärme der Dankbarkeit.

Ich denke an den Mann, dem ich kürzlich von mir erzählte, im festen Wissen, dass er mich ob meiner Vergangenheit verstieße. Aber dann war dort nur dieser Satz, in anderem Kontext so profan, und badete mein Herz in einem stillen See aus Vertrauen und Zuversicht: „Das ist mir egal." — Mit einem Punkt statt des gefürchteten „Aber".

Irgendwo erklingt eine vertraute Melodie. Sie verstummt, und ich höre das leise Klicken, mit dem jemand eine Querflöte ablegt. Vielleicht geht er wieder fort, denke ich, aber mir wird nicht bang bei dem Gedanken.

Er kennt den Weg.

Autor

Mayk Dorian Opiolla, Diplom-Regionalwissenschaftler, geboren 1976 in Velbert/NRW, verdingte sich als Bibliothekar, Buchhändler, Übersetzer, Werbetexter und Ghostwriter in Köln, München, Nanjing und Berlin, bevor er sich zum Prosaschreiben in eigener Sache auf der ostfriesischen Insel Langeoog niederließ.
Auf www.gefluegelmitworten.wordpress.com betreibt er ein Blog, auf dem sich neben der Kurzgeschichtenreihe „Momentaufnahmen" auch Zeichnungen und Lyrik finden. Ein erster Roman sowie ein Gedichtband sind in Planung.

Erscheint im Oktober 2017:

Momentaufnahmen Band 4 — neue Geschichten von der Insel

ISBN 978-3-7431-9561-5 (Bestellbar ab Okt. 2017)

Von Krieg bis Kirche, von Depression bis Dekadenz, von Pleite bis Populismus: Band 4 der „Momentaufnahmen"-Reihe überzeugt erneut mit bildgewaltigen Naturbeschreibungen und feingeistigen Reflektionen über das Leben.
Ab Oktober 2017 überall erhältlich, wo es Bücher gibt!

Bereits erschienen:

Momentaufnahmen Berlin — Langeoog Band 2 (Oktober 2015)
ISBN 978-3-7386-4530-9

Momentaufnahmen Berlin — Langeoog (Dezember 2014)
ISBN 978-3-7347-3780-0